COMPTE-RENDU HISTORIQUE

DU

CONCOURS MUSICAL

DE LYON

22 MAI 1864

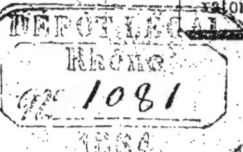

LYON
IMPRIMERIE D'AIMÉ VINGTRINIER
RUE DE LA BELLE-CORDIÈRE, 14.

1864

V

COMPTE-RENDU HISTORIQUE

DU

CONCOURS MUSICAL DE LYON

C.

COMPTE-RENDU HISTORIQUE

DU

CONCOURS MUSICAL

DE LYON

22 MAI 1864

LYON

IMPRIMERIE D'AIMÉ VINGTRINIER

RUE DE LA BELLE-CORDIÈRE, 14.

1864

PRÉFACE

Nous tenons à remplir la promesse faite à nos souscripteurs de leur donner un compte-rendu. Pour répondre à toutes les questions qui ont pu surgir sur l'organisation de notre concours, nous publions le sommaire des procès-verbaux des séances de la Commission et le travail de chaque comité. Mais avant de procéder à tous ces détails, qu'il nous soit permis de remercier notre population du bon accueil qu'elle a fait à nos hôtes du 22 mai.

Mais si rien n'a manqué à la réception des Sociétés musicales, c'est grâce à la paternelle protection de M. le Sénateur, qui nous a donné les pouvoirs les plus étendus, et nous a permis de disposer de tous les services civils dont nous avons eu besoin.

Merci à MM. les secrétaires généraux qui ont mis une complaisance parfaite à nous aider dans ce qui concernait leur service ;

A toutes les personnes qui ont bien voulu nous donner un patronage sans lequel nous n'eussions pu avoir cet appui moral nécessaire à cette fête inconnue dans notre ville ;

Aux artistes d'élite qui ont entrepris avec tant de dévoûment un voyage fatigant pour venir juger les concurrents ;

A toutes les sociétés, corporations et cercles qui ont prouvé leurs sympathies en nous offrant de nombreuses médailles.

Merci à ces jeunes hommes qui, sans faire partie de nos sociétés musicales, sont venus parmi nous prendre part à nos travaux, nous aider de leurs conseils et de leur dévoûment ;

A toute cette jeunesse qui a fait les honneurs de notre ville aux orphéonistes étrangers, leur servant partout de guide.

A la presse lyonnaise, départementale et parisienne qui nous a ouvert généreusement ses colonnes pour publier d'avance les préparatifs de notre fête et en donner des comptes-rendus ;

Aux personnes et aux administrations qui ont mis avec tant de grâce à notre disposition les locaux pour les concours (1) ;

A nos artistes lyonnais qui ont laissé avec abnégation aux artistes étrangers tout l'honneur des jugements des concours.

Merci enfin à toutes les sociétés organisatrices, qui ont envoyé dans notre Commission l'élite de chacune d'elles, pour nous éclairer et nous aider dans notre tâche d'organisation.

---

(1) Le chemin de fer de la Croix-Rousse a donné le passage gratuit à 1,100 orphéonistes.

COMPTE-RENDU

DES SÉANCES DU COMITÉ ORGANISATEUR

Les désirs exprimés par les Sociétés orphéoniques de plus de dix départements environnant Lyon, pour un Concours musical dans cette ville, firent prendre l'initiative à la Fanfare lyonnaise et à l'Union chorale. Dès le mois de septembre 1862, une pétition fut rédigée et signée par les Sociétés lyonnaises, les amateurs distingués de notre ville et les artistes de l'orchestre du Grand-Théâtre. Deux ou trois Sociétés refusèrent, prétendant que la pétition ne leur avait pas été présentée selon leur ordre de mérite. M. le maire du 3ᵐᵉ arrondissement, président honoraire de l'Union chorale, fut chargé de la présenter à M. le Sénateur, qui en prit connaissance et la renvoya, pour qu'il en fît un rapport, à M. George Hainl, en sa qualité de chef d'orchestre du Grand-Théâtre, de membre de l'Académie de Lyon, de directeur de l'Association orphéonique lyonnaise, de membre du Jury de plusieurs concours. Ce rapport, tout en faveur de la demande, fut remis en mars 1863. M. le Secrétaire général chargé de l'administration répondit qu'il n'y avait pas lieu de donner suite au projet pour l'année 1863 ; que le crédit demandé ne pouvait être voté avant le mois de novembre (le Conseil municipal ne votait le budget qu'à cette époque). M. George Hainl, que son talent avait appelé à diriger le premier orchestre de France, n'étant plus à Lyon, il appartenait encore aux mêmes Sociétés de convoquer de nouveau les Sociétés lyonnaises, afin de décider s'il serait donné suite au projet de concours dans notre ville. Une réunion de MM. les directeurs, présidents ou délégués de chaque Société eut lieu dans le local du Cercle de la Fanfare lyonnaise, le 22 octobre 1863. Sur la proposition de M. le Président du Cercle, qu'une démarche collective devrait être faite auprès de M. le Sénateur pour connaître ses intentions relativement à la pétition et au rapport fait à ce sujet, il fut décidé que, dans la crainte d'une réponse négative, M. Emile Guimet, directeur de plusieurs Sociétés, dont la famille est en rapport avec M. le Sénateur, et qui venait d'organiser le festival de Neuville du 30 août, serait prié de faire les premières démarches.

Cette proposition fut adoptée à l'unanimité par toutes les personnes présentes à cette première réunion en faveur du Concours musical dans notre ville.

EXTRAITS DES PROCÈS-VERBAUX

1re *Réunion*, 6 *décembre* 1863.

Étaient représentées les Sociétés suivantes :

L'Union chorale, la Harpe lyonnaise, l'Harmonie gauloise, la Cœcilia, le Cercle choral du deuxième arrondissement, la Chorale de Tarare, l'Orphéon de Neuville, l'Alliance chorale, la Fanfare lyonnaise, la Fanfare du deuxième arrondissement, les Fanfares d'Oullins et de la Mulatière.

Les démarches faites auprès de M. le Sénateur sont favorables à la demande. Renseignements reçus de Bordeaux, Rouen, Strasbourg, Dijon, Chalon, Mâcon, Saint-Etienne. Partout les Concours donnent des bénéfices en faisant figurer comme recette le produit des octrois.

Projet de souscription populaire, en réservant l'excédant de la recette à la création d'un Conservatoire musical ou salle de concert.

2e *Séance*, 10 *janvier*.

MM. les délégués sont avisés qu'une demande d'audience a été faite à M. le Sénateur pour les recevoir.

Les deux journées demandées par la pétition excitent des protestations de la part des Sociétés, soit parce que le lundi de la Pentecôte n'est pas férié dans tous les départements, soit parce que ce jour est réservé à beaucoup de fêtes patronales dans les communes, soit enfin parce que les Sociétés prêtent leur concours à la solennité de la fête religieuse. Un seul jour est consacré au concours ; le devoir des employés du commerce lyonnais ne permet pas de disposer des jours de travail.

Le jour du Concours est fixé au 22 mai 1864.

3e *Séance*, 18 *janvier*.

Visite à M. le Sénateur, par les délégués des Sociétés au nombre de 17. Le but de la visite est la demande de l'appui de l'autorité et celle d'un crédit de la ville dans la crainte que les recettes diverses ne couvrent pas les dépenses. M. le Sénateur promet le patronage de l'Administration et espère obtenir le crédit demandé qui doit être sanctionné par le Conseil municipal. Il s'inscrit le premier sur la liste de souscription.

Plusieurs noms sont indiqués pour faire partie de la Commission de patronage ; ces noms sont pris dans les diverses administrations de la ville.

4e *Séance*, 26 *janvier*.

Nomination du Bureau définitif.

Étaient représentées les Sociétés suivantes : l'Union chorale, le Cercle choral lyonnais, l'Harmonie gauloise, la Harpe lyonnaise, l'Alliance chorale, l'Orphéon lyonnais, la Cœcilia, les Fils des Trouvères, l'Harmonie lyonnaise, le Cercle choral du deuxième arrondissement, la Fanfare lyonraise, l'Harmonie des Pompiers, la Fanfare du quatrième arrondissement, la Fanfare du deuxième arrondissement, la Fanfare de Vaise, la Société philharmonique et l'Union musicale.

Ont été élus à l'unanimité : M. Joseph Luigini, président d'honneur ; M. E. Guimet, président ; MM. Jansenne et Jandard, vice-présidents ; M. Silvan, secrétaire ; M. Muris, secrétaire adjoint ; M. Bied, trésorier.

Deux Comités de musique sont formés pour correspondre de suite avec MM. les auteurs de morceaux imposés et sont chargés de toute la partie musicale du Concours.

Ces Comités sont divisés en choral et instrumental :

Le premier sous la présidence de M. Jansenne ;

Le deuxième sous la présidence de M. Luigini.

Messieurs les directeurs et sous-directeurs des Sociétés doivent tous faire partie de ces Comités.

5e *Séance*, 31 *janvier*.

Le règlement du Concours est adopté ; les articles ajoutés aux autres Concours sont : l'entrée dans les Concours à vue, le Concours à vue pour les Sociétés instrumentales, la lecture en chiffres, la demande du temps d'étude de chaque sociétaire, le mode d'appréciation du Jury par chiffres, adopté avec succès au Concours de Strasbourg,

(Voir les imprimés relatifs à ce sujet).

6e *Séance*, 7 *février*.

Sur diverses demandes, les Concours de Montéli-

mart, Valence, Rive-de-Gier et Nantua, sont consi-
dérés comme grands Concours; les Sociétés ayant
obtenu des premiers prix monteront d'une division ou
section, excepté les musiques ayant assisté à ces
concours comme musiques d'honneur. Quantité de
demandes ou offres de primes sont faites au Concours
par les éditeurs et journalistes des orphéons. Pour ne
susciter aucune jalousie chez ces Messieurs, aucune
prime ne sera acceptée. Le Conseil désire rester neu-
tre dans cette lutte d'éditeurs et de journalistes.

Plusieurs noms sont désignés pour la Commission
de patronage.

Le Cercle choral de Saint-Nizier demande à faire
partie du Comité.

7e *Séance, 14 février.*

MM. Clapisson, Bazin, d'Autrein, Boïeldieu, Laurent de Rillé, acceptent la demande qui leur a été
faite de chœurs à imposer.

Le Chemin de fer n'accorde que la remise de 50 %,
obligée par son cahier des charges, à toute Société
constituée, marchant par billets collectifs. Une nouvelle demande sera faite pour obtenir au moins le billet
personnel, puisque la remise de 75 % ne peut être
espérée comme elle existait avant 1858, pour les orphéons.

La Fanfare des Régates demande à faire partie du
Comité.

8e *Séance, 21 février.*

Le rapport de M. le Sénateur au Conseil municipal

est lu. Ces paroles bienveillantes sur le but moralisateur des orphéons sont écoutées avec le plus grand plaisir.

Le Comité de séjour chargé du logement, de la nourriture et du bien-être des Sociétés est formé par cinq Commissaires généraux, représentant chacun un arrondissement municipal de la ville.

(Voir l'imprimé relatif à ce Comité).

Les Sociétés en dehors de Lyon, qui sont dirigées par des Membres du Comité organisateur seront entendues et mises hors classement, la médaille commémorative en vermeil leur sera allouée comme aux Sociétés lyonnaises.

9e *Séance*, 28 *février*.

Le Comité de musique instrumentale n'a pas encore reçu les morceaux imposés ; il est observé ici que le temps manquera pour la copie si l'on ne presse Messieurs les compositeurs.

Une médaille commémorative spéciale au Concours, grand module, sera frappée soit en or, en vermeil ou en argent, pour les prix ; et en bronze, pour être distribuée aux Sociétés et aux membres du Jury. Une deuxième, de petit module, sera destinée aux prix de deuxième ordre.

Réponse de MM. Dupré et Meyerbeer.

Les Sociétés anglaises n'assisteront au Concours qu'à la condition de concourir entre elles et d'être jugées par un Jury anglais.

10e *Séance*, 6 *mars*.

Le règlement du Concours fixe le nombre de 5 membres par Jury. deux seront choisis parmi les artistes de Paris, un dans les départements, deux à Lyon.

11e *Séance, 13 mars.*

Les démarches de Monsieur le Président en mission à Paris, près des chemins de fer, n'ont rien changé aux premières décisions ; le Chemin de fer ne fait qu'une concession, c'est de réduire le billet collectif de 30 à 20 personnes.

Plusieurs morceaux de musique instrumentale sont arrivés et sont mis immédiatement à la copie ou à la lithographie.

12e *Séance, 20 mars.*

Monsieur le Président fait part de ses visites aux divers membres du Jury désignés parmi les Sommités artistiques et aux rédacteurs de la grande presse. M. George Hainl a bien voulu le présenter chez plusieurs de ces Messieurs, et s'est chargé de voir ceux qui étaient absents. Le prix des Chemins de fer ne permettra pas à tous les membres des Sociétés de Paris d'assister au Concours ; mais plusieurs délégations y assisteront.

Le Concours de Grenoble est remis au mois de juillet ou d'août.

13e *Séance, 3 avril.*

Le classement fait d'après les renseignements des Sociétés est approuvé. Les 5 sections de la troisième division sont classées d'après l'âge musical des sociétaires. La première section comprend toutes les Sociétés ayant eu un premier prix dans les sections inférieures de la troisième division ; la deuxième section comprend celles qui ont plus de deux années d'études ; la troisième section, celles qui ont de une à deux années ; la quatrième, celles qui ont de six mois à un an ; la cinquième, celles qui n'ont pas six mois d'études.

Le grand nombre des Sociétés de la troisième divition exige des subdivisions qui seront formées par groupes de sept à huit Sociétés au plus. Le groupe n'établira aucun degré de force, et les Sociétés qui seront dans le même groupe seront, autant qu'il sera possible, de départements, villes ou cantons éloignés les uns des autres, afin d'éviter les rivalités entre voisins.

Le Comité instrumental a reçu tous les morceaux imposés, sauf un seul ; en conséquence, le morceau désigné pour la deuxième division servira à la première.

14e *Séance*, 10 *avril*.

La Chambre de commerce alloue au Concours une somme de mille francs. Cette somme sera consacrée à la confection d'une écharpe avec légende tissée or, rappelant le Concours et les donataires.

Le programme de la journée est adopté, sauf le projet du défilé le soir après les concours, et précédant la distribution. La majorité est en faveur du mode ordinaire, le défilé avant les concours.

Le Comité de construction est constitué ; il est formé de M. l'architecte en chef de la ville, président, et de plusieurs architectes choisis dans les Sociétés musicales.

La Société des Amis des arts et les loges maçonniques offrent des médailles pour le Concours. Le Cercle choral du Rhône demande à faire partie de l'organisation.

15e *Séance, 17 avril.*

Le Comité de voyage est formé ; il est chargé de ce qui regarde les chemins de fer, les bateaux à vapeur et autres moyens de locomotion.

La quantité de locaux nécessaires pour abréger le temps des concours oblige MM. les Secrétaires à rediviser les sections par de nouveaux groupes. Le tirage fixé pour ce jour est remis à la séance suivante.

16e *Séance, 24 avril.*

Lettre d'un journaliste orphéonique exigeant une invitation spéciale, et, dans le cas d'un refus, annonçant une critique sévère après le Concours.

Le Comité du banquet est organisé afin de recevoir dignement les membres du Jury, les délégations de la presse étrangère et locale et les éminents invités de notre ville.

Le tirage au sort des Sociétés divisées par groupes de 5 à 8 Sociétés au plus, est présidé par M. le Maire du 2e arrondissement, délégué à cet effet par M. le Sénateur. Il est mis dans une urne autant de numéros que comporte le nombre de Sociétés du groupe désigné, et à l'appel de chaque nom, il est tiré un numéro.

MM. les membres de la Commission de patronage assistent en grand nombre à cette séance.

17e *Séance,* 1er *mai.*

Les locaux de concours, désignés par MM. les Secrétaires et visités par MM. les Présidents, sont adoptés.

L'ordre et le parcours du cortége sont adoptés. Les Sociétés les plus éloignées de notre ville seront placées en tête du cortége, celles des départements voisins à la suite, le département du Rhône et les Sociétés lyonnaises à la fin.

Le Comité de réception sera composé de MM. les directeurs de Sociétés ayant été eux-mêmes membres de jury dans divers concours, d'artistes et amateurs distingués de notre ville, et de MM. les délégués de la presse lyonnaise. Ce Comité est spécialement chargé de faire les honneurs aux membres du Jury et délégués de la presse étrangère à notre ville, de s'occuper d'eux et de veiller à leur bien-être pendant leur séjour à Lyon.

18e *Séance,* 8 *mai.*

Sont invités de droit au banquet :

1º Le bureau du Comité d'organisation ;

2º Deux membres de chaque Société organisatrice, sous la condition que les membres choisis feront partie d'un des Comités actifs du Concours ;

3º Les Présidents de tous les Comités spéciaux ;

4º Des invitations officielles adressées aux autorités de notre ville.

Les cartes d'orphéonistes seront envoyées aux membres honoraires et aux membres actifs des Sociétés prenant part au concours. Les Sociétés de Lyon n'en auront que pour leurs sociétaires exécutants. Les membres honoraires des Sociétés lyonnaises sont presque tous commissaires des Sociétés ou font partie d'un comité d'organisation ; ils auront donc un signe distinctif leur donnant droit d'entrée partout.

Le Comité de contrôle et recettes est formé des trésoriers des vingt-deux Sociétés organisatrices, correspondant aux vingt-deux locaux de concours. Ils choisiront un président et un secrétaire.

La Fanfare des Sauveteurs désire, quoique un peu tard, faire partie du Comité.

19ᵉ séance, 13 mai.

La salle de l'Alcazar est choisie pour le banquet. La décoration spéciale au concours sera une rosette en rubans avec un lion doré au centre; les couleurs seront différentes pour chaque comité.

Le comité du cortége est composé de MM. les officiers du corps municipal des sapeurs pompiers. M. Crépet commandant le bataillon en est le président.

20ᵉ séance, 18 mai.

La Société allemande fait part au comité de la réussite de ses démarches auprès de la musique du 34ᵉ régiment prussien, qui assistera au concours. Un festival sera organisé au Parc le lundi soir, et afin de ne pas avoir une trop grande affluence, il sera perçu un prix d'entrée qui est fixé à 50 centimes par personne, les voitures paieront 5 fr.

21° séance, 20 mai.

Réunion générale de tous les comités, de la commission de patronage, de MM. les membres du Jury lyonnais, de la commission générale de séjour composée de 280 personnes, et de celle du contrôle, composée de 120. Le nombre des personnes présentes dépasse 600. La séance est présidée par M. Arlès-Dufour.

M. le président du Comité organisateur donne un aperçu de toute l'organisation et fait à chaque Comité ses dernières recommandations. Les commissaires des Sociétés reçoivent les feuilles qui indiquent ce que doit faire chaque Société.

Samedi, 21 mai.

Les sociétés les plus éloignées de Lyon arrivent le matin; la ville se pavoise; la musique prussienne est acclamée à son entrée dans la ville. A 5 heures du soir, une pluie d'orage met de la désorganisation dans l'exécution de la retraite aux flambeaux; à 9 heures, quelques Sociétés instrumentales arrivent au rendez-vous et essayent, malgré l'immense affluence de spectateurs, de parcourir l'itinéraire. La Fanfare lyonnaise entre seule à l'Hôtel de l'Europe pour donner la sérénade au Jury, qui doit s'y réunir. Les clairons et quelques Sociétés parcourent la rue du Plat et ne peuvent rentrer par la rue de Bourbon, tant la foule est compacte et se mêle au cortége qui, divisé par ce fait, se disperse.

Dimanche, 22 mai.

A 7 heures du matin, les sociétés, qui concourent à vue, se dirigent vers les locaux désignés.

A 9 heures 1/2, une grande partie des Sociétés est déjà rangée sur les quais de Retz et de l'Hôpital. MM. les membres du comité de réception sont à leur poste et délivrent les écharpes de la Chambre de Commerce aux Sociétés présentes. La foule plus courtoise que la veille se retire sur de simples observations des commissaires organisateurs ; à 10 heures 30 minutes, le cortége commence le défilé, qui se forme seul, sans aucune force armée et au milieu d'une population de plus de 100 mille âmes. A l'entrée de Bellecour, le défilé des quais de la Saône et le retour par la rue Impériale des 240 bannières forment un brillant spectacle difficile à décrire. Sur la demande de M. le Sénateur, un peloton de gendarmerie vient à la place des Terreaux rejoindre le cortége, non pour maintenir l'ordre mais pour donner plus de solennité au cortége. A 11 heures 3/4 le cortége se divise place Léviste, et chaque Société se rend aux lieux désignés pour les concours ordinaires.

A 3 heures les estrades de la place Bellecour sont déjà garnies de fraîches toilettes ; toutes les Sociétés envoient leurs bannières, principale décoration de la fête. A 6 heures, M. le Maréchal et Mme la Maréchale prennent place sur l'estrade d'honneur, où M. le

Sénateur est déjà placé. Le concert commence. Le bruit de la foule, que M. le Sénateur n'a pas voulu repousser en dehors de l'intérieur de la place, comme cela était indiqué dans le programme, empêche d'entendre l'effet magistral de ces 400 voix et 250 instrumentistes. M. le Sénateur prononce le discours suivant:

« Messieurs,

« Avant de proclamer les vainqueurs et de leur remettre les prix qu'ils ont mérités, j'ai à féliciter les organisateurs de cette fête de leur complet et éclatant succès.

« Ils en ont eu l'initiative et en font seuls les honneurs. Seuls et avec le libre concours des personnes qui ont bien voulu se réunir à eux, ils ont pourvu à tous les soins de l'exécution, sans demander à l'Administration autre chose qu'un appui bienveillant ; à eux donc tout le mérite des résultats obtenus.

« C'est bien la population lyonnaise qui reçoit et fête aujourd'hui les Sociétés chorales de France. Cette circonstance imprime à notre réunion un caractère particulier de spontanéité et de bon vouloir qui, aux yeux de nos hôtes, doit lui donner plus de prix.

« J'applaudis, pour ma part, à l'exemple que vient de donner notre ville intelligente en montrant ce qu'on peut obtenir par l'entente et le concert de tous pour la réalisation d'une pensée commune, quand cette pensée répond, comme cette fois, aux inclinations du pays et du temps.

« C'est un fait des plus intéressants de nos jours que ce goût des exercices de musique et d'harmonie qui s'est si généralement répandu en France, principalement dans les parties de la population qui avaient semblé longtemps y être les plus indifférentes.

« Les ouvriers des villes se réunissent en Orphéons, en Sociétés musicales, et les moindres de nos communes rurales veulent avoir leurs chœurs de chanteurs et leurs fanfares.

« Ce goût est un véritable progrès. Il est l'indice d'une amélioration intellectuelle et morale dont tous les amis du pays, et particulièrement ceux qui s'intéressent aux populations ouvrières, doivent se féliciter.

« Il est pour ces populations une éducation réelle qui polit, qui élève leurs sentiments, leurs habitudes, en les initiant aux satisfactions de l'intelligence qui, jusqu'ici, avaient semblé le partage exclusif des classes plus éclairées. Il les rend moins ardentes aux satisfactions matérielles dont les appétits sont toujours irritants. Il opère ainsi un travail de rapprochement entre les éléments divers qui composent la Société, et concourt à la réalisation de cette égalité si chère à notre pays.

« Les Orphéons et les Sociétés chorales prennent ainsi l'importance d'une véritable institution publique.

« De là les encouragements qu'ils reçoivent d'un gouvernement ami de tous les progrès, et la faveur qui s'attache aux réunions comme celle d'aujourd'hui.

« Nous avons à nous applaudir de l'empressement avec lequel on a répondu à l'appel de la ville de Lyon. Les Sociétés de musique sont accourues de toutes les parties de la France, plusieurs déjà fameuses par les succès obtenus dans différents concours, et, dans l'attente de trouver ici des émules dignes d'elles, jalouses de consacrer leur supériorité par un succès suprême.

« Il en est venu même d'au delà du Rhin ; heureux signe de ce temps où il n'existe plus, d'une rive du Rhin à l'autre, que des rivaux et pas d'ennemis.

« Nationales et étrangères, que toutes soient les bienvenues. Je les remercie d'avoir, par leur empressement, contribué à l'importance et à l'intérêt du concours.

« Je remercie également tant d'artistes éminents qui nous ont permis d'inscrire leurs noms dans la composition de notre jury, et qui, par l'éclat attaché à ces noms, ont bien voulu rehausser la valeur des prix que nous allons décerner.

« Puissent-ils tous, exécutants et juges, emporter un bon souvenir de la ville de Lyon et du cordial accueil qu'ils y ont reçu !

« Enfin, je remercie encore toutes les personnes qui ont conçu cette fête, qui l'ont préparée et organisée, et qui, par la bonne entente de leurs dispositions, par leur concours actif ou leur gracieux personnage, ont si bien réussi à la rendre digne de notre grande cité. »

Après une attente assez longue, M. le Sénateur a pris la parole pour annoncer que le travail du Jury n'était pas encore terminé, et que les journaux publieraient la liste des sociétés victorieuses, et il a engagé, en termes pressants, la foule à se retirer dans le plus grand ordre avant l'arrivée de la nuit.

A 8 heures un grand banquet réunissait au Palais de l'Alcazar les autorités de la ville, MM. les membres du Jury, la Commission de patronage, les organisateurs du concours et les représentants de la presse. Au dessert M. le Sénateur porte le toast suivant qui a été couvert d'applaudissements :

« Messieurs,

« Lorsque, dans un pays, des hommes qui appartiennent généralement à des positions modestes et laborieuses, des cultivateurs, des ouvriers mêlent à leurs rudes travaux les exercices et les jouissances de la musique, de tous les arts le plus élevé et le plus gracieux, et se forment en associations studieuses pour se livrer à leur goût, lorsqu'on voit ces associations, animées d'une généreuse émulation, se réunir de points très-divers et souvent très-éloignés pour lutter et rivaliser entre elles de mérite et de perfection, et attacher un si grand prix à de purs succès d'art, on peut dire avec certitude que ce pays est prospère, que les conditions de la vie y sont faciles, que le travail y trouve la rémunération de ses peines, et que le peuple, tranquille sur les besoins de son existence, joint à la satisfaction du présent la confiance dans l'avenir.

« Que notre pensée reconnaissante s'élève vers le souverain qui nous a placés dans cette heureuse situation ; qui, après avoir rendu à notre glorieux drapeau tout son prestige, a fondé la sécurité de la France sur le respect qu'elle inspire, et permet ainsi, qu'au milieu et en dépit de tant de graves préoccupations qui troublent et inquiètent le monde, nous puissions, dans le sentiment de notre force et dans notre foi en la sagesse tutélaire qui préside à nos destinées, nous livrer paisiblement au culte des lettres et aux fêtes de l'art, du goût et de l'intelligence. »

M. Arlès-Dufour, Président de la Commission de patronage, a pris à son tour la parole et s'est exprimé en ces termes :

« Messieurs,

« La Commission de patronage m'a confié l'honneur d'interpréter ses sentiments de reconnaissance envers tous les hommes, toutes les Sociétés qui ont répondu à l'appel du comité d'organisation.

« Grâce à leur empressement sympathique, le premier concours musical donné par la ville de Lyon a pris la proportion d'une fête nationale, dont le souvenir marquera dans ses annales.

« Notre reconnaissance est d'autant plus grande que nous connaissons les sacrifices de toute nature qu'entraîne un déplacement plus ou moins considérable.

« Le comité d'organisation comprenant le rôle religieux et social que la musique, cette langue vraiment universelle, est appelée à remplir, avait convié à ce concours les Sociétés anglaises, allemandes, italiennes. Il est à regretter et nous regrettons avec lui, que le temps et les distances les aient retenues.

« Nous remercions du fond du cœur messieurs les membres du jury, qui ont bien voulu quitter leurs nobles travaux pour venir apprécier et juger les progrès que fait le bon peuple de France dans l'art divin de la musique populaire. Mais ce qui doit toucher le cœur de ces maîtres plus encore que des remercîments, c'est le sentiment qu'ils emportent d'avoir puissamment contribué à l'éclat et à la grande utilité de cette fête dont l'influence agira certainement sur l'avenir de l'art qu'ils illustrent.

« Nous remercions tout aussi cordialement les Sociétés qui ont répondu si fraternellement à notre appel, et nous souhaitons que l'accueil sympathique qu'elles ont trouvé, aussi bien que les lauriers qu'elles ont cueillis, leur donnent le désir de la renouveler.

« Ma mission devrait se borner là, mais je suis certain que mes collègues de la commission de patronage me sauront gré de l'avoir outrepassée.

« J'offre en son nom les remercîments les plus chaleureux à tous les membres du comité d'organisation qui, quoique fort nombreux, ont fonctionné comme un seul homme; à son jeune président, qui a dirigé ses difficiles et innombrables travaux comme eût pu le faire l'organisateur le plus expérimenté.

« Je vous prie donc, messieurs, de remplir vos verres et de porter en trinquant, comme nos bons aïeux les Gaulois, la santé de messieurs les membres du jury, de messieurs les membres des Sociétés qui ont

concouru ou sympathisé de loin avec nous, de M. le président et de
MM. les membres du comité d'organisation. »

Après ces discours le nom des lauréats du concours
est proclamé.

Ainsi s'est terminée la journée du 22 mai; les sociétés des départements voisins étaient dans les gares
à attendre le départ des trains. Celles qui séjournaient
encore rentraient dans leurs logements après cette
journée de fatigue.

Lundi, 23 mai.

Dès une heure de relevée, les délégués des sociétés
viennent réclamer, chez M. le Président du concours,
les médailles proclamées la veille à l'Alcazar.

La foule se dirige du côté du Parc, qui est envahi
avant l'heure indiquée pour les contrôles. A 5 heures
les contrôles sont placés; le public entre en foule; à 6
heures et demie, la Musique prussienne, la Société
allemande et la Fanfare lyonnaise ne peuvent parvenir à entrer dans le Parc tant la foule est compacte. Le
public profite de leur passage pour entrer de force et
sans bourse délier. A 7 heures, M. le Maréchal, M. le
Sénateur, en habit de ville, prennent place dans l'enceinte réservée, et la musique prussienne fait entendre les morceaux les plus brillants de son répertoire,
alternant avec la Société chorale allemande, qui chante
des chœurs dans sa langue nationale. Pendant ce
temps la Fanfare lyonnaise exécute divers morceaux
en marchant, pour éloigner la foule du voisinage du
concert. Des flammes de Bengale éclairent sa marche,

et les vigoureux applaudissements donnés aux musiques allemandes sont répétés pour notre musique lyonnaise. A 10 heures et demie, cette foule immense de 100 mille âmes se retire satisfaite de sa soirée.

Mardi, 24 mai.

La musique allemande est invitée au camp de Sathonay par le général commandant le camp. Elle est reçue fraternellement par nos officiers supérieurs et les chefs de musique de la garnison.

La ville de Lyon est encore le séjour de quelques sociétés orphéoniques.

Jeudi, 26 mai.

Grand concert d'adieux par la musique prussienne. La salle de l'Alcazar est trop petite pour contenir le public d'élite accouru pour cette soirée. Les premières places sont à 10 francs, les dernières à 2 francs. 3000 personnes sont présentes : la recette atteint le chiffre de dix mille francs, qui ne s'est jamais produit dans notre ville.

Vendredi, 27 mai.

Un bateau à vapeur est mis à la disposition de la musique allemande, qui doit quitter Lyon ce jour là à 11 heures du matin. Les députations de la Fanfare lyonnaise et de la Cœcilia les accompagnent à Neuville, où la dernière audition de cette suave harmonie a lieu

dans la salle de concert de M. le Président de l'organisation du concours. Après le concert, un banquet
est offert par l'orphéon de Neuville. Les délégués et la
musique étrangère se font des adieux en se disant
au revoir.

M. Parlow leur chef prononce quelques paroles de
remerciements et d'adieux, mais les larmes qu'il ré-
pand l'empêchent de finir; et la musique prussienne,
qui avait quitté Lyon accompagnée des applaudissements chaleureux des habitants pressés sur nos rives,
opère son départ.

Lundi 14 juin.

Pour clore dignement ce concours sans précédent
il fallait une fête princière. M. le Président de la Commission de patronage a dignement et généreusement
rempli cette dernière partie du programme, en con-
viant dans sa ravissante villa d'Oullins nos adminis-
trateurs civils, nos notabilités militaires, le monde
élégant de notre ville, tous les présidents et secrétaires
des divers comités organisateurs du concours, et pour
en représenter la partie musicale, la Fanfare lyonnaise, la Cœcilia, société chorale allemande, la Fanfare d'Oullins, plus un orchestre de danse. Le temps
pluvieux ôte une partie du charme de cette belle fête
de nuit; mais l'amabilité de l'amphitryon et de sa
charmante famille fait oublier aux invités le mauvais
temps et les heures écoulées; le jour seul les oblige à
se retirer.

LISTE GÉNÉRALE DES PRIX

ORPHÉONS.

Concours de lecture à première vue.

PREMIÈRE DIVISION.

1er prix : Médaille d'or offerte par les dames du Cercle choral lyonnais.

1. Société de l'école Amand-Chevé, de Paris, 46 membres.
2. Société philharmonique du Creuzot (S.-et-L.), 46 membres, direct. J.-M. Kuhn.

Le prix a été remporté par l'école d'Amand-Chevé.

DEUXIÈME DIVISION.

1er prix : Médaille d'or offerte par le Cercle choral lyonnais.
2e prix : Médaille de vermeil offertes par la Société chorale lyon-
3e prix : Médaille d'argent   naise.

1. Société chorale de Tarare (Rhône), 43 membres, directeur A. Luigini.

2. Cercle choral de Vénissieux (Rhône), 36 membres, directeur J. Sandier.

3. Orphéon du Velay, du Puy (Haute-Loire), 40 membres, directeur Pitarch.

4. Cercle choral de Tenay (Ain), 23 membres, direct. J. Cailliau.

5. Orphéon de Neuville-sur-Saône (Rhône), 30 membres, direct. A. Raphel.

6. Société chorale de Saint-Désert (S.-et-L.), 24 membres, direct. A. Vernay.

7. Orphéon de Grenoble (Isère), 47 membres, directeur Duprey.

1er prix : L'Orphéon du Velay.

2e prix : Cercle choral de Vénissieux.

3e prix : Société chorale de Tarare.

Concours de chant.

DIVISION D'EXCELLENCE. — Chœur imposé.

Les Enfants des Ombres, paroles de A. Viallon, musique de Clapisson.

Médaille offerte par S. M. l'Empereur.

1. Société philharmonique du Creuzot (S.-et-L.), 46 membres, directeur J.-M. Kuhn. *Les Truands*. (Burelle.)

2. La Renaissance de Chalon-sur-Saône (S.-et-L.), 42 membres, directeur Georgis. *Pater noster*. (Bezzozi.)

A l'unanimité, le jury ne croit pas devoir décerner le prix.

DIVISION SUPÉRIEURE. — Chœur imposé.

Attila devant Rome, musique de F. Bazin.

1er prix : Médaille d'or offerte par la compagnie des agents de change.

2e prix : Médaille d'or offerte par l'Union chorale.

3e prix : Médaille de vermeil.

1. Société chorale de Mâcon (S.-et-L.), 40 membres, directeur Bravet. *Le Signalement*. (Kucken.)

2. Chorale forésienne, de Saint-Étienne (Loire), 50 membres, directeur A. Dard. *Le Matin*. (Laurent de Rillé.)

3. L'Avenir de Marseille (B.-du-R.), 72 membres, directeur J.-B. Berlot. *La Branche d'Amandier*. (Soubre.)

4. Société philharmonique du Creuzot (S.-et-L.), 46 membres, directeur J.-M. Kuhn. *Les Truands*. (Burelle.)

5. Renaissance de Chalon (S.-et-L.), 42 membres, direct. Georgis. *Pater noster*. (Bezzozi.)

6. Orphéon de Saint-Germain-en-Laye (S.-et-O.), 57 membres, directeur H. Mansion. *Embarquez, matelots*. (Ch. Colin.)

1er prix : Chorale forésienne.

2e 1er prix : L'Avenir de Marseille.

2e prix : Société chorale de Mâcon.

PREMIÈRE DIVISION. — Chœur imposé.

Chants du soir, musique de Boïeldieu.

1er prix : Médaille d'or offerte par M. le directeur des théâtres.

2e prix : Médaille de vermeil.

1. Société chorale de l'école Amand-Chevé, de Paris, 46 membres. *Dostoïno est*. (Bortnianski.)

2. Orphéon de Béziers (Hérault), 70 membres, directeur C. Viguier-Scrisse. *Les Martyrs aux Arènes*. (Laurent de Rillé.)

3. Orphéon d'Arles (Bouches-du-Rhône), 43 membres, directeur J. Vincent. *Cœcilia*. (C. de Vos.)

4. Société chorale de Sommières (Gard), 35 membres, directeur Bérard. *Les Forgerons* (Denef).

5. Les Enfants de Grenade (Haute-Garonne), 31 membres, direct. Bergès. *La Chapelle du vallon* (Becker).

1er prix : Ecole Amand-Chevé.

2e prix : Orphéon de Béziers.

DEUXIÈME DIVISION. — Chœur imposé

Chant des Conscrits, musique de Dautresme.

1er prix : Médaille d'or offerte par l'Harmonie gauloise.

2e prix : Médaille de vermeil offerte par la Société d'horticulture.

3e prix : Médaille de vermeil.

4e prix : Médaille d'argent.

1. Société chorale de Tarare (Rhône), 43 membres, directeur Al. Luigini. *Les Contrebandiers* (Limnander).

2. Société chorale de Tain et Tournon, 43 membres, directeur Marrel. *Les Pèlerins* (Saintis).

3. Orphéon de Bize (Aude), 51 membres, directeur J. Guiraud.
   Les gardes-chasse du *Songe d'une nuit d'été* (A. Thomas).
4. Société chorale de Louhans (Saône-et-Loire), 28 membres, directeur Demole. *La Saint-Hubert* (L. de Rillé).
5. Orphéon de Grenoble (Isère), 47 membres, directeur E. Duprey.
   Marche turque (Mendelssohn).
6. L'Echo des Alpines, Orphéon de Saint-Rémy-de-Provence (Bouches-du-Rhône), 37 membres, directeur Iltis.
7. Les Enfants d'Orphée, de Marseille, 56 membres, directeur C. Chanal. *Au fond du verre* (F. Riga).
8. Union chorale de Tournon (Ardèche), 40 membres, directeur Lejeune. *La Noce de village* (L. de Rillé).

   1er prix : Enfants d'Orphée.
   2e prix : Société chorale de Tarare.
   3e prix : Orphéon de Grenoble.
   4e prix : Union chorale de Tournon.

TROISIÈME DIVISION. — PREMIÈRE SECTION.
Groupe A.

Chœur imposé.
La Soie, paroles et musique de L. de Rillé.

1er prix : Médaille d'or offerte par le cercle allemand Cœcilia.
2e prix : Médaille de vermeil offerte par l'association des teinturiers.
3e Prix : médaille d'argent.

1. Les Enfants d'Aimargues (Gard), 39 membres, direct. P. Coissard. *Le Soir* (Vattier).
2. Orphéon de Saint-Gilles (Gard), 40 membres, direct. Sevenery.
   Le Chant des Amis (A. Thomas).
3. Orphéon d'Ornaisons (Aude), 47 membres, directeur J. Fabre.
   Les Martyrs aux Arènes (L. de Rillé).
4. La Lyre de Paris, 40 membres, directeur Lanscioni. *La Saint-Hubert* (L. de Rillé).
5. Société chorale d'Autun (Saône-et-Loire), 36 membres, direct. Aug. Veny. *Barcarolle du roi Théodore* (Paisiello).
6. Orphéon de Fabrezan (Aude), 33 membres, directeur M. Bouffet.
   Les Martyrs aux Arènes (L. de Rillé).

1ᵉʳ prix : Les Enfants d'Aimargues.

2⁰ prix : Orphéon de Fabrezan.

. 3ᵉ prix . Orphéon de Saint-Gilles.

Mention : Société chorale d'Autun.

TROISIÈME DIVISION. — PREMIÈRE SECTION.

Groupe B.

Chœur imposé :

La Soie, paroles et musique de L. de Rillé.

1ᵉʳ prix : Médaille d'or offerte par l'Harmonie lyonnaise.

2ᵉ prix : Médaille de vermeil offerte par le Cercle choral du 2ᵉ arrondissement.

3ᵉ prix : Médaille d'argent grand module.

4ᵉ prix : Médaille d'argent petit module.

1. La Cécilienne de Genève, 21 membres, directeur Bergalonne. *La Valse Pyrrhique* (Michaeli).

2. Société chorale de Nantua (Ain), 47 memb., direct. C. Schœn. *France ! France !* (Ambroise Thomas).

3. Société philharmonique de Saint-Gilles (Gard), 41 membres, directeur A. Chausroux. *La Saint-Valentin* (Poise).

4. Orphéon de Moulins (Allier), 44 membres, directeur Boullard. *Le Chant des Amis* (Ambroise Thomas).

5. Orphéon du Velay, du Puy (Haute-Loire), 40 membres, directeur Pilarch. *Arrivée des conjurés* et *le Serment de la révolte à Memphis* (L. de Rillé).

6. Orphéon de Milhaud (Gard), 47 membres, directeur H. Bastid. *Noel !* (Laurent de Rillé).

7. Société chorale de Roanne (Loire), 40 membres, directeur Romedenne. *Les Enfants de Paris* (A. Adam).

8. Cercle choral de Vénissieux (Rhône), 36 membres, directeur J. Sandier. *Les Maçons* (Saintis).

1ᵉʳ prix : Orphéon du Velay.

2ᵉ prix : Société philharmonique de Saint-Gilles.

3ᵉ prix : Orphéon de Milhaud.

4ᵉ prix : La Cécilienne de Genève.

5ᵉ prix : Cercle choral de Vénissieux.

TROISIÈME DIVISION. — DEUXIÈME SECTION.
Groupe A.
Point de chœur imposé.

1er prix : Médaille d'or offerte par l'Orphéon de Neuville.

2e prix : Médaille de vermeil offerte par l'Orphéon lyonnais.

3e prix : Médaille d'argent.

1. Société chorale de Trévoux (Ain), 29 membres, direct. Granger. *Hymne à l'Harmonie* (J. Ducy). — *Gloire aux Orphéons* (P. Granger).

2. Cercle musical de Rive-de-Gier (Loire), 50 membres, directeur L. Hueber. *La Fournaise* (A. Vialon). — *Adieu forêts* (Heyberger).

3. La Lyre provençale de Château-Renard (Bouches-du-Rhône), 35 membres, directeur Moulet. *Cæcilia* (Camille de Vos). — *Les Proscrits* (A. Saintis).

4. Orphéon de l'Isle-sur-la-Sorgue (Vaucluse), 33 membres, directeur Villelongue. *La Saint-Hubert* (Laurent de Rillé). — *Chœur des soldats* de *Faust* (Gounod).

5. Société chorale de Milhaud (Gard), 41 membres, directeur P. Ponsard. *Les Martyrs aux Arènes* (Laurent de Rillé). — *La Noce de village* (L. de Rillé).

6. Orphéon de Neuville sur Saône. Hors classement. 40 membres, directeurs E. Guimet et A. Raphel. *Les Faucheurs* (Emile Guimet). — *Le Canton de Neuville* (Emile Guimet).

1er prix : Orphéon de l'Isle-sur-la-Sorgue.

2e prix : Société chorale de Milhaud.

3e prix : Société chorale de Trévoux.

TROISIÈME DIVISION, — DEUXIÈME SECTION.
Groupe B.
Point de chœur imposé.

1er prix : Médaille de vermeil offerte par l'Union lyrique.

2e prix : Médaille d'argent grand module.

3e prix : Médaille d'argent petit module.

1. Société Sainte-Cécile de Gabian (Hérault), 47 membres, directeur J. Bellegarde. *Dans les bois* (A. Vialon). — *La Noce de village* (L. de Rillé).

2. Société chorale d'Annecy (Haute-Savoie), 32 membres, directeur Niérat. *Les Maçons* (A. Saintis). — *La Soie* (L. de Rillé).

3. Orphéon de Carpentras (Vaucluse), 50 membres, directeur E. Coyon. *Les Orphéons de France* (G. Kastner). — *Marche* (J.-B. Katto).

4. Orphéon de Villefranche (Rhône), 42 membres, directeur N. Struss. *Les Ruines de Gaza* (L. de Rillé). — *Les Buveurs* (L. de Rillé).

5. Orphéon de Vergèze (Gard), 25 membres, directeur Jalaguier. *Les Enfants de Paris* (Ad. Adam). — *Les Francs-Archers* (Placet).

Le premier prix n'a pas été décerné.

2e prix : Orphéon de Villefranche.

3e prix : Société chorale d'Annecy.

TROISIÈME DIVISION. — TROISIÈME SECTION.

Groupe A.

Point de chœur imposé.

1er prix : Médaille de vermeil offerte par l'Association des tisseurs.

2e prix : Médaille d'argent.

3e prix : Médaille d'argent.

1. Orphéon d'Annonay (Ardèche), 28 membres, direct. J. Effantin. *Cœcilia* (Camille de Vos). — *La Fournaise* (A. Vialon).

2. Cercle Notre-Dame, de Saint-Etienne (Loire), 55 membres, directeur F. Geay. *France! France!* (Ambroise Thomas). — *Salut aux chanteurs* (Ambroise Thomas).

3. Orphéon de Villeveyrac (Hérault) 35 membres, directeur Boulicrac. *La Moisson* (A. Vialon). — *Les Soldats de Faust* (Gounod).

4. Orphéon de Souvignarges (Gard), 35 membres, direct. J. Franc. *Les Canotiers de Marseille* (Morel). — *Le Cri de Guerre* (Poise).

5. La Sainte-Génoise de Saint-Genis-Laval (Rhône), 50 membres, directeur J. Paliard. *En chasse* (L. Paliard). — *Joli mai* (L. Paliard).

6. Cœcilia de Villefranche (Rhône), 38 membres, directeur J. Tail-

landier. *La Cigale et la Fourmi* (Ch. Gounod). — *Le Combat naval* (S. Julien).

1er prix : La Saint-Génoise.

2e prix : Cercle de Notre-Dame.

3e prix : Orphéon d'Annonay.

Mention : Cæcilia de Villefranche.

TROISIÈME DIVISION. — TROISIÈME SECTION.
Groupe B.
Point de chœur imposé.

1er prix : Médaille de vermeil.

2e prix : Médaille d'argent.

3e prix : Médaille d'argent.

1. La Lyre française, de Pignan (Hérault), 36 membres, directeur Paul Justy. *La Fournaise* (A. Vialon). — *Le Jeune Conscrit* (Kucken).
2. Cercle musical de Chambon-Feugerolles (Loire), 33 membres. directeur Deutscheler. *Chœur des soldats de Faust* (Gounod), *France ! France !* (A. Thomas).
3. Orphéon de Sainte-Eugénie, de Mèze (Hérault), 36 membres, dir. Campagnac. *Les Pèlerins* (Saintis). *La Mascarade* (Vialon).
4. Orphéon de Saint-Christophe de Puisserguier (Hérault), 30 membres, directeur J. Lavigne. *Chœur des conjurés*, tiré du *Crociato*, de Meyerbeer (arrangé par L. de Rillé). — *Avant la Bataille* (Vialon).
5. Orphéon de Générac (Gard), 36 membres, directeur E. Lombard. *Le Chant des Amis* (Ambroise Thomas). — *Le Chant du Travail* (Félicien David).

1er prix : Orphéon de Générac.

2e prix : Orphéon de Sainte-Eugénie.

3e prix : Cercle de Chambon-Feugerolles.

4e prix *ex œquo* : Lyre française et Orphéon de St-Christophe.

TROISIÈME DIVISION. — QUATRIÈME SECTION.
Groupe A.
Point de chœur imposé.

1er prix : Médaille de vermeil offerte par la Société gymnastique.

2e prix : Médaille de vermeil.

3e prix : Médaille d'argent.

1. La Lyre de Saint-Maurice, de Couzon (Rhône), 33 membres, directeur Chapolard. *Mon Village* (Schubert). — *Les Maçons* (Saintis).

2. Orphéon de Terrenoire (Loire), 46 membres, directeur E. Promayer. *Les Maçons* (Saintis). — *Les Enfants de Paris* (A. Adam).

3. Orphéon de Bouzigues-(Hérault), 34 membres, direct. Prunet. *Les Enfants de Paris* (A. Adam). — *La Fournaise* (A Vialon).

4. Orphéon de Gallargues (Gard), 44 membres, directeur P. Viel. *Les Soldats de Faust* (Gounod). — *Le Cri de guerre* (Poise).

5. Les Enfants du Forez, de Feurs (Loire), 22 membres, directeur Pouvianne. — *Dans le Céleste-Empire* (A. Vialon). — *La Saint-Hubert* (L. de Rillé).

1er prix : Orphéon de Terrenoire.

2e prix : Orphéon de Gallargues.

3e prix : Lyre de Saint-Maurice.

Mention : Les Enfants du Forez.

TROISIÈME DIVISION. — QUATRIÈME SECTION.

Groupe B.

Point de chœur imposé.

1er prix : Médaille de vermeil offerte par MM. les pharmaciens.

2e prix : Médaille d'argent.

1. Orphéon de Genay (Ain), 28 membres, directeur G. Cot. *Les Enfants de Paris* (A. Adam). *Der Fangerbund*, chant d'allégresse (Bœbler).

2. Société musicale de Saint-André-la-Côte-Chaude (Loire), 26 membres, directeur P. Gardette. *Hymne à la Nuit* (Chwatal). *La Destinée de l'oiseau* (F. Viret).

3. Société chorale de Feurs (Loire), 25 membres, dir. Florentin. *France ! France !* (A. Thomas). *Chant forézien* (J.-B. Hem).

4. Cercle choral de Tenay (Ain), 23 membres, direct. F. Cailliau. *Pologne* (F.-O. Cailliau). *Chœur de Sarah* (Grisar).

1er prix : Cercle choral de Tenay.

2e prix : Orphéon de Genay.

TROISIÈME DIVISION. — CINQUIÈME SECTION.

Point de chœur imposé.

1er prix : Médaille de vermeil.

2e prix : Médaille d'argent.

3e prix :   »   »

4e prix :   »   »

5e prix :   »   »

1. Société chorale de Saint-Désert (Saône-et-Loire), 24 membres, direct. A. Vernay. *Les Enfants de Saint-Désert* (Aug. Vernay). *Chœur des Soldats Bourguignons* (F.-A. Gevaert).

2. Orphéon de Parcieux (Ain), 24 memb., directeur L.-F. Guillon. *Chœur de Sarah* (Grisar). — Les *Pêcheurs napolitains* (A. Vialon).

3. Société de Sainte-Cécile de La Chapelle-de-Guinchay (Saône-et-Loire), 22 memb., direct. Dubief. *Chant du Bivouac* (Kucken). *Rataplan* (Wallier).

4. La Renaissance de Sarcey (Rhône), 18 memb.. directeur Lepin. *Partant pour la Syrie* (L. de Rillé). *Vive la guerre!* (L. de Rillé).

5. La Lyre d'Or, de Gallargues (Gard), 36 membres, directeur Jalaguier. *La Saint-Hubert* (L. de Rillé). *La Saint-Valentin* (F. Poize).

6. Société chorale de Mizérieux (Ain), 33 membres, directeur A. Descours. *Salut aux chanteurs!* (Ambroise Thomas). *Le Départ du régiment* (Laurent de Rillé).

7. Les Enfants de Jouvence, de Saint-Gengoux-le-Royal (Saône-et-Loire), 17 memb., direct. Duchâtelet. *Patrie!* (L. de Rillé). *Patrie absente* (L. de Rillé).

8. Société chorale du 82e de ligne, 42 memb., direct. Legrand. *Les Maçons* (Saintis). *Les Pêcheurs napolitains* (A. Vialon).

1er prix : Orphéon de Parcieux.

2e prix : La Lyre d'or, de Gallargues.

3e prix : Les Enfants de Jouvence.

4e prix : Société chorale de Mizérieux.

5e prix : Société de Sainte-Cécile de La Chapelle-de-Guinchay.

HARMONIES.

Concours de lecture à première vue.

PREMIÈRE DIVISION.

1er prix : Médaille d'or offerte par le Conseil municipal.

2e prix : Médaille de vermeil.

1. Les Enfants de la Loire, de Saint-Etienne (Loire), 61 membres, directeur Courally.
2. Société philharmonique du Creuzot (Saône-et-Loire), 38 memb.. direct. Kuhn.
3. Cercle de Notre-Dame, de Saint-Etienne (Loire), 86 memb., direct. Geay.
4. La Société philharmonique de Saint-Chamond (Loire), 59 memb., direct. Lefebvre.
5. L'Harmonie de Châlon (Saône-et-Loire), 60 membres, direct. Guichard.

1er prix : Les Enfants de la Loire.

2e prix : Cercle Notre-Dame.

DEUXIÈME DIVISION.

Prix : Médaille d'or offerte par le Cercle du commerce.

1. Cercle de Sainte-Cécile, de Montélimart (Drôme), 53 membres, directeur Costadeau.
2. Société philharmonique de Carpentras (Vaucluse), 58 memb., direct. Coyon.
3. Cercle musical de Saint-Genest-Lerpt (Loire), 41 memb., direct. Gardette.

Prix : Cercle de Sainte-Cécile.

Concours d'exécution.

DIVISION D'EXCELLENCE.

Morceau imposé :
Ouverture de Maritana, par Klosé.

1er prix : Médaille d'or offerte par S. M. l'Empereur.

2e prix : Médaille d'or.

3e prix : Médaille de vermeil.

1. Cercle de Notre-Dame, de Saint-Etienne (Loire), 85 membres, directeur Geay.
2. Société philharmonique de Saint-Chamond (Loire), 59 membres, direct. Lefebvre.
3. Harmonie de Chalon (Saône-et-Loire), 60 membres, directeur Guichard.
4. Société philharmonique du Creuzot (Saône-et-Loire), 55 memb., direct. Kuhn.
5. Bourg-Saint-Andéol (Ardèche), 60 memb., direct. Lauzun.
6. Cercle de Sainte-Cécile, Montélimart (Drôme), 53 memb., direct. Costadeau.
7. Les Enfants de la Loire, de Saint-Etienne (Loire), 61 memb., direct. Courally.

1er prix : Les Enfants de la Loire, de Saint-Etienne.

2e prix : Société philharmonique de Saint-Chamond.

3e prix : Cercle de Notre-Dame, de Saint-Etienne.

DIVISION SUPÉRIEURE.

Morceau imposé :

Compiègne, ouverture composée par Mohr.

1er prix : Médaille d'or offerte par les dames de la ville.

2e prix : Médaille d'or offerte par la Société d'Architecture.

3e prix : Médaille de vermeil.

1. Société philharmonique du Creuzot (Saône-et-Loire), 58 memb., direct. Kuhn.
2. Cercle de Notre-Dame, de Saint-Etienne (Loire), 86 membres, direct. F. Geay.
3. Société philharmonique de Saint-Chamond (Loire), 59 memb., direct. Lefebvre.
4. Cercle de Sainte-Cécile, Montélimart (Drôme), 53 memb., direct. Costadeau.
5. Harmonie de Châlon (Saône-et-Loire), 60 membres, directeur Guichard.
6. Les Enfants de la Loire, de Saint-Etienne (Loire), 61 membres, direct. Courally.

7. Bourg-Saint-Andéol (Ardèche), 60 memb., direct. Lauzun.

  1er prix : Les Enfants de la Loire, de Saint-Etienne.

  2e prix : *ex œquo :* Cercle Sainte-Cécile, de Montélimart.

     »   »   Bourg-Saint-Andéol.

  3e prix : Cercle de Notre-Dame, de Saint-Etienne.

PREMIÈRE DIVISION.

Morceau imposé.

Attila, fantaisie par Paulus.

1er prix : Médaille d'or offerte par le Cercle du Nord.

2e prix : Médaille de vermeil,

3e prix : Médaille d'argent.

1. Société de musique de Beaune (Côte-d'Or), 43 memb., direct. Goguelat.

2. Harmonie militaire de Nérac (Lot-et-Garonne), 41 memb., direct. Ducocq.

3. Société philharmonique de Givors (Rhône), 54 memb., direct. Imbert.

4. Société philharmonique municipale de Carpentras (Vaucluse), 58 membres, direct. Goyon.

5. Cercle musical de Rive-de-Gier (Loire), 51 membres, direct. Hueber.

6. Cercle musical de Saint-Genest-Lerpt (Loire), 51 memb., direct. Désayes.

  1er prix : Société de Beaune.

  2e prix : Cercle de Rive-de-Gier.

  3e prix : Société de Carpentras.

DEUXIÈME DIVISION.

Morceau imposé :

Attila, fantaisie par Paulus.

1er prix : Médaille d'or offerte par l'Harmonie des Pompiers de Lyon.

  2e prix : Médaille de vermeil.

1. Société musicale de Belley (Ain), 34 membres, direct. Charcot.

2. Harmonie de Tournus (S.-et-Loire), 33 membres, dir. Limosin.

3. Société philharmonique de Vienne (Isère), 47 memb.. direct. Goudon.
4. Société philharmonique de Puligny (Côte-d'Or), 19 membres, direct. Moine-Deschaux.
5. Harmonie de Sainte-Cécile, St-Chamond (Loire), 55 membres.
   1er prix : Société de Vienne.
   2e prix : *ex æquo* ; Harmonie de Sainte-Cécile, de St-Chamond.
   — Harmonie de Tournus.

TROISIÈME DIVISION. — PREMIÈRE SECTION.
Groupe A.
Morceau imposé :
Styrienne de Premersberg, arrangée par Léon Chic.

1er prix : Médaille d'or.
2e prix : Médaille de vermeil.
1. Harmonie de Meursault (Côte-d'Or), 45 membres, directeur Charpeaux.
2. Harmonie de Montbrison (Loire), 46 membres, direct. Béguin.
3. L'Echo des Alpes, Grenoble (Isère), 49 membres, directeur Buisson.
4. Cercle musical de Lorette (Loire), 50 membres, direct. F. Geay.
5. Union musicale de Givors (Rhône), 26 memb., direct. Hueber.
   1er prix : Harmonie de Meursault.
   2e prix *ex æquo* : L'Echo des Alpes, de Grenoble.
   — Cercle musical de Lorette.

TROISIÈME DIVISION. — PREMIÈRE SECTION.
Groupe B.
Morceau imposé :
Styrienne de Premersberg, arrangée par Léon Chic.

1er prix : Médaille d'or.
2e prix : Médaille de vermeil.
1. Société musicale de Marguerite (Gard), 34 membres, directeur Bert.
2. Société musicale de Lapalisse (Allier), 27 membres, directeur Seitz.

3. Cercle musical de Monteaud (Loire), 36 membr., direct. Brunet Mathieu.

4. Cercle musical de Chambon-Feugerolles (Loire), 37 membres, direct. Deutschler.

   1er prix : Cercle de Chambon-Feugerolles.

   2e prix : Cercle de Monteaud.

TROISIÈME DIVISION. — DEUXIÈME SECTION.
Groupe A.

1er prix : Médaille de vermeil, offerte par le Café de l'Europe.

2e prix : Médaille d'argent.

3e prix : Médaille d'argent.

1. Société philharmonique de Crémieux (Isère), 28 memb., direct. Fabre.

2. Musique de la ville de Valréas (Vaucluse), 39 membres, direct. Hill.

3. Société musicale de Crotenay (Jura), 35 memb. direct. Aoutin.

4. Cercle musical de Firminy (Loire), 35 memb., direct. Lecomte.

5. Saint-André-Côte-Chaude (Loire), 42 membres, direct. Gardette.

   1er prix : Société de Crémieux.

   2e prix : Cercle de Firminy.

   3e prix : Saint-André-Côte-Chaude.

TROISIÈME DIVISION. — DEUXIÈME SECTION.
Groupe B.

1er prix : Médaille de vermeil.

2e prix : Médaille d'argent.

3e prix : Médaille d'argent.

1. Harmonie de Rully (Saône-et-Loire), 22 membres, directeur Ed. Ducrot.

2. Société philharmonique des Aciéries et Forges de Firminy (Loire), 33 memb., direct. Deutschler.

3. Musique de Condrieu (Rhône), 30 memb., direct. Bonnay.

4. Harmonie des Mineurs de la Ricamarie (Loire), 26 membres, direct. Fayard.

5. Harmonie de Sury (Loire), 37 memb., direct. Sax.

1er prix : Harmonie des Mineurs de la Ricamarie.
2e prix : Société des Aciéries de Firminy.
3e prix : Harmonie de Sury.

FANFARES.

Concours de lecture à première vue.

PREMIÈRE DIVISION.

Prix : Médaille d'or offerte par M. le sénateur Vaïsse.

1. Fanfare de Pamiers (Ariège), 38 memb., direct. Bejot.
2. Fanfare de Dijon (Côte-d'Or), 40 memb., direct. Pierrot.
3. Fanfare de Tarare (Rhône), 67 memb., direct. Al. Luigini.
   1er prix : Fanfare de Dijon.
   2e prix demandé à l'unanimité par le jury pour la Fanfare de Pamiers.

DEUXIÈME DIVISION.

1er prix : Médaille d'or offerte par la Société Linnéenne.
2e prix : Médaille de vermeil.
3e prix : Médaille de vermeil.

1. Fanfare des pompiers de Villefranche (Rhône), 36 membres, directeur Laussel.
2. Fanfare de Roanne (Loire), 42 memb., direct. Romedenne.
3. Fanfare de Thizy (Rhône), 30 membr., direct. Suchel.
4. Fanfare de Pont-de-Vaux (Ain), 39 membres, directeur Deray.
5. Fanfare de Lagnieux (Ain), 25 memb., direct. Guillaudon.
6. La Lyre stéphanoise de St-Etienne (Loire), 56 membr., direct. Coda.
7. Fanfare du Puy (Haute-Loire), directeur Giraud.
   1er prix : Fanfare des pompiers de Villefranche.
   2e prix : Fanfare de Roanne.
   3e prix : Lyre stéphanoise.
   1re mention : Fanfare de Lagnieux.
   2e mention : Fanfare de Pont-de-Vaux.

Concours d'exécution.

Morceau imposé :
Ouverture de Martha, arrangée par Thibaut.

Prix . Médaille artistique offerte par la Société des Amis-des-Arts.
1. Fanfare de Dijon (Côte-d'Or), 40 memb., direct. Pierrot.
..A remporté le prix.

DIVISION SUPÉRIEURE.

Morceau imposé :
Ouverture de le Poète et le Paysan, arrangée par Thibaut.

Prix : médaille d'or offerte par le Conseil Municipal.
1. Fanfare de Pamiers (Ariège), 38 membres, direct. Bejot.
2. Fanfare de Tarare (Rhône), 67 memb., direct. Al. Luigini.
3. Fanfare de Dijon (Côte-d'Or), 40 memb., direct. Pierrot.
Prix *Ex œquo* : Fanfare de Dijon.
    —   Fanfare de Tarare.
Mention honorable : Fanfare de Pamiers.

PREMIÈRE DIVISION.

Morceau imposé .
Chant Calviniste, arrangé par Thibaut.

1er prix : Médaille d'or offerte par le Cercle de le Fanfare lyon-
    naise..
2e prix : Médaille de vermeil offerte par l'Association des tein-
    turiers.
1. Fanfare des pompiers, Union musicale de St-Etienne (Loire),
    40 memb., direc. Fl. Courbet.
2. Fanfare de Pont-de-Vaux (Ain), 36 memb., direct. Deray.
3. Cercle philharmonique de Tarascon (Bouches-du-Rhône) ,
    30 memb., direct. Saladin,
4. Fanfare des sapeurs-pompiers de Lagnieux (Ain), 25 membres,
    direct. Guillaudon.
1er prix . Fanfare des pompiers de St-Etienne.
2e prix : Fanfare de Pont-de-Vaux.

DEUXIÈME DIVISION.
Groupe A.

Morceau imposé :
Fantaisie sur Haydée, arrangée par Gaudin.

1er prix : Médaille d'or offerte par la Compagnie du gaz.
2e prix : Médaille de vermeil offerte p. l'Association des tisseurs.
3e prix : Médaille de vermeil, petit module.

1. Société philharmonique d'Annonay (Ardèche), 41 memb., direct. Donat.
2. Pompiers de Villefranche (Rhône), 36 memb., direct. Laussel.
3. Sainte-Génoise de Saint-Genis-Laval (Rhône), 45 membres, direct. Palliard.
4. La Lyre stéphanoise de Saint-Etienne (Loire), 56 memb., direct. Coda.
5. Fanfare bressane, de Bourg (Ain), 36 memb., direct. Philibert.

1er prix : La Lyre stéphanoise.
2e prix : Pompiers de Villefranche.
3e prix : Ste-Génoise, de Saint-Genis-Laval.

DEUXIÈME DIVISION.
Groupe B.

Morceau imposé :
Fantaisie sur Haydée, arrangée par Gaudin.

1er prix : Médaille d'or.
2e prix : Médaille de vermeil.

1. Fanfare de Roanne (Loire), 42 memb., dir. Romedenne.
2. Fanfare de Saint-Symphorien de Lay (Loire) 21 memb., direct. Favrichon.
3. Société philharmonique d'Oullins (Rhône), 30 memb., direct. Duval.
4. Fanfare de Trévoux (Ain), 24 memb., direct. Brun.

1er prix : Fanfare de Roanne.
2e prix : Fanfare de Trévoux.
Prix hors concours : Fanfare de Saint-Symphorien de Lay.

TROISIÈME DIVISION. — PREMIÈRE SECTION.
Groupe A.
Morceau imposé.
Concours de Lyon, fantaisie par Dupart.

1er prix : Médaille d'or.

2e prix : Médaille d'argent.

1. La colonie d'Oullins (Rhône), 35 membres, directeur Lacour.
2. Fanfare de l'Arbresle (Rhône), 23 membres, directeur Chatron.
3. Fanfare de Plembières-lès-Dijon (Côte-d'Or), 24 membres, directeur F. Constant.
4. Les Enfants de l'Albarine-Saint-Rambert (Ain), 24 membres, directeur Ravaz.
5. Les Enfants de Romanèche (Saône-et-Loire), 22 membres, directeur Lapierre.

1er prix : Fanfare de l'Arbresle.

2e prix : La Colonie d'Oullins.

1re mention : Les Enfants de Romanèche.

2e mention : Les Enfants de l'Albarine.

TROISIÈME DIVISION. — PREMIÈRE SECTION.
Groupe B.
Morceau imposé :
Concours de Lyon, fantaisie par Dupart.

1er prix : Médaille d'or offerte par M. le sénateur Reveil.

2e prix : Médaille de vermeil.

1. Fanfare municipale d'Annecy (Haute-Savoie), 33 membres, directeur Gentil.
2. Les sapeurs-pompiers d'Anse (Rhône), 22 membres, directeur Bertrand.
3. Fanfare de Thizy (Rhône). 31 membres, directeur Suchel.
4. Les Enfants de la Seille-de-Cuisery (Saône-et-Loire), 21 membres, directeur Geslin.
5. Fanfare de Montluel (Ain), 20 membres, directeur Courtaud.

1er prix : Sapeurs-pompiers d'Anse.

2e prix : Fanfare municipale d'Annecy.

Mention : Les Enfants de la Seille-de-Cuisery.

4

Groupe C.

Morceau imposé :

Concours de Lyon, fantaisie par Dupart.

1er prix : Médaille d'or.

2e prix : Médaille de vermeil.

3e prix : Médaille d'argent.

1. Société musicale de Nantua (Ain), 29 membres, direct. Schœn.
2. Fanfare de Chazay-d'Azergues (Rhône), 20 membres, directeur Ojard.
3. Les sapeurs-pompiers de Thoissey (Ain), 18 membres, directeur Georgis.
4. L'Harmonie Voironnaise, de Voiron (Isère), 25 membres, directeur Dalmès.
5. Fanfare de la Chapelle-Fontaine-Froide-de-Savigny-les-Beaunes (Côte-d'Or), 21 membres, directeur Denizot.

1er prix : L'Harmonie Voironnaise.

2e prix : Les sapeurs-pompiers de Thoissey.

3e prix : Société musicale de Nantua.

Groupe A.

1er prix : Médaille de vermeil.

2e prix : Médaille d'argent.

3e prix : Médaille d'argent.

1. Fanfare de Genlis (Côte-d'Or), 22 membres, directeur Dugied.
2. Fanfare de Monceaux-les-Mines (S.-et-L.), 34 membres, directeur Kuntz.
3. Les Enfants du Beaujolais, de Villé (Rhône), 21 membres, directeur Bacot.
4. Les Arts-Réunis, de Bourgoin (Isère), 20 membres, directeur Comberousse.
5. Fanfare de Saint-Just (Loire), 27 membres directeur Tretrop.
6. Société musicale de Meximieux (Ain), 31 membres, directeur Vernet.

1er prix : Fanfare de Monceaux.

2e prix : Fanfare de Genlis.

3e prix : Les Enfants du Beaujolais.

Groupe B.

1er prix : Médaille de vermeil offerte par les archers du Buisson.

2e prix : Médaille d'argent.

3e prix : Médaille d'argent.

1. Fanfare de l'Orphéon du Puy (Haute-Loire), 25 membres, directeur Giraud.

2. Fanfare de Saint-Cyr-au-Mont-d'Or (Rhône), 35 membres, directeur Rodes.

3. Fanfare de Sainte-Cécile, de Loriol (Drôme), 33 membres, directeur Collet.

4. Cercle musical de Fouillouse (Loire), 25 membres, directeur Eisenmenger.

5. Fanfare de Meloisay (Côte-d'Or), 16 membres, directeur Charpeaux.

6. Fanfare de Chalamont (Ain), 14 membres, directeur Curveux.

1er prix : Fanfare de Sainte-Cécile.

2e prix : Fanfare de l'Orphéon du Puy.

1re mention . Fanfare de Saint-Cyr.

2e mention : Fanfare de Meloisay.

Groupe C.

1er prix : Médaille de vermeil.

2e prix : Médaille d'argent.

3e prix : Médaille d'argent.

1. Fanfare des pompiers de Mornant (Rhône), 46 membres, directeur Wouters.

2. Société musicale de Roche-la-Molière (Loire), 26 membres, directeur Laubet.

3. Fanfare de Saint-Martin-la-Plaine (Loire), 32 membres, directeur Boudard.

4. La Lyre du Mont-d'Or, Saint-Didier (Rhône), **16 membres, directeur Imbert**.

5. La Poncinoise, de Poncin (Ain), **15 membres, direct. Brunod**.

1er prix : La Lyre du Mont-d'Or.

2e prix : Fanfare des pompiers de Mornant.

3e prix : Société de Roche-la-Molière.

TROISIÈME DIVISION. — DEUXIÈME SECTION.
Groupe D.

1er prix : Médaille de vermeil.

2e prix : Médaille d'argent.

3e prix : Médaille d'argent.

1. Fanfare des pompiers de Montmerle (Ain). Hors classement. 23 membres, directeur Sibuet.

2. La Talençonne de Reyrieux (Ain), **23 membres, directeur Burdel**.

3. Fanfare de Chambon-Feugerolles (Loire), **23 membres, directeur Lecomte**.

4. Fanfare de Brignais (Rhône), **34 membres, directeur Vanhaute**.

5. Fanfare des pompiers de Neuville (Rhône), **20 membres, directeur Bellardon**.

1er prix : Fanfare de Chambon-Feugerolles.

2e prix : Hors classement. Fanfare des pompiers de Montmerle.

2e prix : Fanfare des pompiers de Neuville.

3e prix : Fanfare de Brignais.

TROISIÈME DIVISION. — TROISIÈME SECTION.
Groupe A.

1er prix : Médaille de vermeil, ⎫ offertes par les loges maçon-

2e prix : Médaille d'argent, ⎬ niques.

3o prix : Médaille d'argent.

4e prix : Médaille d'argent.

1. Fanfare des pompiers d'Ecully (Rhône), hors classement, **20 membres, directeur Jandard**.

2. Fanfare de la Mulatière (Rhône), **40 membres, directeur Duval**.

3. Fanfare de Saint-Héand (Loire), **26 membres, directeur Brunet**.

4. Fanfare d'Yssingeaux (Haute-Loire), 26 membres, directeur Saugues.

5. Cercle musical de la Terrasse-d'Oisieux (Loire), 18 membres, directeur Lacombe.

6. Société de Saint-Andéol-le-Château (Rhône), 26 membres, directeur Hueber.

7. Fanfare de la Grande-Croix (Loire), 27 membres, direct. Garnier.

1er prix : Fanfare d'Yssingeaux.

2e prix : Hors classement. Fanfare des pompiers d'Ecully.

2e prix : Fanfare de la Mulatière.

3e prix : Fanfare de Saint-Héant (Loire).

4e prix : Fanfare de la Grande-Croix.

TROISIÈME DIVISION. — TROISIÈME SECTION.
Groupe B.

1er prix : Médaille de vermeil, ⎫ offertes par les loges maçon-
2e prix : Médaille d'argent, ⎬   niques.
3e prix : Médaille d'argent.

1. Fanfare de Fleurieux (Rhône). Hors classement. 35 membres, directeurs Guimet et Bense.

2. Fanfare de Saint-Paul-en-Jarret (Loire), 30 membres, directeur Lefebvre.

3. Fanfare de Rive-de-Gier (Loire), 21 membres, direct. Bernard.

4. Fanfare des Mineurs de Mazenay-de-Saint-Sernin (Saône-et-Loire), 28 membres, directeur Maillot.

5. Fanfare de Saint-Genis-Terrenoire (Loire), 35 membres, directeur Lapras.

6. Société philharmonique de Sainte-Foy (Rhône), 29 membres, directeur Imbert.

1er prix : Fanfare de Saint-Paul.

2e prix : Société de Sainte-Foy.

3e prix : Fanfare de Saint-Genis-Terrenoire.

TROISIÈME DIVISION. — TROISIÈME SECTION.
Groupe C.

1er prix : Médaille de vermeil ⎰ offertes par les loges maçon-
2e prix : Médaille d'argent. ⎱   niques.

3e prix : Médaille d'argent.

1 . Fanfare de Collonges (Rhône), hors classement, 21 membres, directeur Jandard.

2 . Fanfare de Saint-Germain-au-Mont-d'Or (Rhône), 15 membres, directeur Place.

3 . Philharmonie de Ternay (Isère), 29 membres, directeur Imbert-

4 . Fanfare de Saint-Clair (Rhône), 27 membres, directeur Courtaud.

5 . Fanfare de Dunière (Haute-Loire), 26 membres, directeur J. Arfeuille.

6 . Sainte-Cécile de La-Chapelle-de-Guinchay (S.-et-Loire), 28 membres, directeur Dubief.

7 . Fanfare de Caluire (Rhône), 20 membres, directeur Marou.

1er prix : Fanfare de Dunière.

2e prix : Fanfare de Saint-Clair.

3e prix : Sainte-Cécile de La-Chapelle-de-Guinchay.

Mention : Hors classement. Fanfare de Collonges.

TROISIÈME DIVISION. — TROISIÈME SECTION.
Groupe D.

1er prix : Médaille de vermeil ⎫ offerte par les loges maçon-
2e prix : Médaille d'argent. ⎬ niques.
3e prix : Médaille d'argent.

1 . Fanfare de Tenay (Ain), 23 membres, directeur Cailliau.

2 . Fanfare de Fontaines-sur-Saône (Rhône), 20 membres, directeur Avril.

3 . Société philharmonique de Saint-Genis-les-Ollières (Rhône), 21 membres, directeur Place.

4 . Fanfare de Demigny (Saône-et-Loire), 25 membres, directeur Charpeaux.

5 . Fanfare de Saint-Roch, de Saint-Etienne (Loire), 30 membres, directeur Deshayes.

6 . Fanfare de Villars (Loire), 27 membres, directeur Fayard.

1er prix : Fanfare de Fontaines-sur-Saône.

2e prix : Fanfare de Demigny.

3e prix : ex œquo : Fanfare de Saint-Roch.

— Fanfare de Villars.

TROISIÈME DIVISION. — TROISIÈME SECTION.
Groupe E.

1er prix : Médaille de vermeil, } offertes par les loges maçon-
2e prix : Médaille d'argent. } niques.

3e prix : Médaillle d'argent.

1. Fanfare de Feurs (Loire), 27 membres, directeur Florentin.
2. Fanfare de Soucieux (Rhône), 16 membres, directeur Marnas.
3. Fanfare de Cailloux-sur-Fontaines (Rhône), 38 membres, directeur Morel.
4. Fanfare de Bessenay (Rhône), 21 membres, directeur Morand.
5. Fanfare de Tassin (Rhône), 14 membres, directeur Place.
6. Société philharmonique d'Oyonnax (Ain), 39 membres, directeur Passenot.

1er prix : Fanfare de Cailloux.
2e prix : Fanfare de Bessenay.
3e prix : Fanfare de Feurs.

TROISIÈME DIVISION. — QUATRIÈME SECTION.
Groupe A.

1er prix : Médaille de vermeil offerte par le Comice agricole de
Lyon.

2e prix : Médaille d'argent.
3e prix · »

1. Fanfare de Lentilly (Rhône), 16 memb,, direct. Bense.
2. Fanfare de Venissieux (Rhône), 13 memb., direct. Besson.
3. Fanfare de Boën (Loire), 28 memb., direct. Jaeger.
4. Fanfare de Villars (Ain), 15 memb., direct. Pelletier.
5. Fanfare de Vernaison (Rhône), 15 memb., direct. Vaquier.

1er prix : Fanfare de Boën.
2e prix : Fanfare de Vernaison.
3e prix : Fanfare de Venissieux.

TROISIÈME DIVISION. — QUATRIÈME SECTION.
Groupe B.

1er prix : Médaille de vermeil offerte par la Société des Régates.

2e prix : Médaille d'argent.

3e prix :   »

1. Les Enfants de l'Hérault (Hérault), 35 membr., direct. Coupiac.
2. Fanfare de Pont-d'Ain (Ain), 15 memb., direct. Barral.
3. Fanfare de Pierre-Bénite (Rhône), 30 membres, directeur Christophe.
4. Fanfare de Grigny (Rhône), 31 memb., direct. Imbert.
5. Société musicale de Vourles (Rhône), 31 membres, directeur Vanhaute.

1er prix : Société de Vourles.

2e prix : Fanfare de Grigny.

3e prix : Fanfare de Pont-d'Ain.

TROISIÈME DVISION. — QUATRIÈME SECTION.
Groupe C.

1er prix : Médaille de vermeil offerte par la Société d'éducation.

2e prix : Médaille d'argent.

3e prix :   »

1. La Cérès, de Villeneuve (Ain), 14 memb., direct. Brun.
2. Fanfare de Saint-Germain-l'Arbresle (Rhône), 17 memb., direct. Bertrand.
3. Fanfare de Tartaras (Loire), 18 memb., direct. Lautz.
4. La Gauloise, d'Irigny (Rhône), 23 memb., direct. Déthieu.
5. Fanfare de Chasselay (Rhône), 16 memb., direct. Dutel.

1er prix : Fanfare de Chasselay.

2e prix : Fanfare de Saint-Germain-l'Arbresle.

3e prix : La Cérès, de Villeneuve.

TROISIÈME DIVISION. — CINQUIÈME SECTION.

1er prix : Médaille de vermeil offerte par le Comice agricole de Vaugneray.

2e prix : Médaille d'argent.

3e   »   »

4e   »   »

1. La Lyre des Chères (Rhône), 15 memb., direct. Reverchon.
2. Fanfare de Poleymieux (Rhône), 20 memb., direct. Cusset.

3. Fanfare de Chaponost (Rhône), 20 memb., direct. Rey.

4. Fanfare de Millery (Rhône), 37 memb., direct. Marchand.

5. Fanfare de Brindas (Rhône), 23 memb., direct. Mermet.

6. Fanfare de Saint-André-de-Corcy (Ain), 20 memb., direct. Bense.

7. L'Eolienne de Pont-Chérui (Isère), 22 memb., direct. Bernard·

  1er prix : Fanfare de Poleymieux.

  2e prix : Fanfare de Saint-André-de-Corcy.

  3e prix : L'Eolienne de Pont-Chérui.

  4e prix : Fanfare de Brindas.

FANFARES. — DIVISION SPÉCIALE.

  1er prix : Médaille de vermeil.

  2e prix : Médaille d'argent.

1. Pensionnat de Belleville (Rhône), 19 memb., direct. Delorme.

2. Institution Martin, à Mâcon (Saône-et-Loire), 16 memb., direct. Petit-Jean.

3. Institution Maire, à Villeurbanne (Rhône), 29 memb., direct. Maire fils.

  1er prix : Institution Martin, de Mâcon.

  2e prix : *ex æquo* : Pensionnat de Belleville.

  2e prix :   »   Institution Maire, de Villeurbanne.

APPRÉCIATIONS DU JURY [1]

ORPHÉONS.

DIVISION D'EXCELLENCE.

Société philharmonique du Creuzot.
La Renaissance de Chalon-sur-Saône.

Ces deux sociétés n'ont pas rempli d'une manière satisfaisante les conditions du programme.

A l'unanimité, le Jury ne croit pas devoir décerner le prix d'excellence.

Le Président ajoute que la composition imposée : *Les Enfants des Ombres*, n'a pas été comprise, et que l'exécution même a laissé beaucoup à désirer. Le local,

(1) Malgré les démarches faites par le Comité organisateur auprès de MM. les Présidents ou membres du Jury, plusieurs sections n'ont pas d'appréciations écrites.

du reste, est trop vaste et complètement défavorable
à l'exécution des concours vocaux.

La Chorale forézienne s'est fait remarquer par la
justesse de ses intonations, ses oppositions bien com-
binées, enfin son ensemble parfait.

L'Avenir, de Marseille, a eu quelques incertitudes
dans le chœur imposé; à part cette nuance, cette société s'est montrée à la hauteur de la Forézienne, ce
qui lui a valu un second premier prix.

La Chorale de Mâcon manque de vigueur; non de
force, mais de franchise dans l'attaque, de continuité
dans le soutien du son; une tendance à détonner par
faiblesse des phrases qui tombent; non par manque
de souffle mais bien par manque de vigueur.

1re DIVISION.

La Société Amand-Chevé s'est particulièrement distinguée par l'ensemble, l'homogénéité des timbres, le
style et le charme dans la manière de phraser. On
aurait pu désirer quelquefois plus de puissance et
plus de verve dans les passages qui demandaient de
la force ainsi qu'une justesse plus parfaite dans certains passages difficiles d'intonation, mais à part cela,
la Société Amand-Chevé a été remarquable; elle a dit
d'une manière charmante le chœur imposé: *Chants
du soir*, et c'est à l'unanimité que le 1er prix lui a été
décerné.

L'Orphéon de Béziers, sous l'habile direction de
M. Viguier-Serisse, s'est distingué par la puissance

et le beau timbre de ses voix, mais sous le rapport de la justesse et du style, la Société Chevé lui a été supérieure.

3e DIVISION, 1re SECTION, GROUPE B.

L'Orphéon du Velay, du Puy, directeur M. Pitarch, 40 exécutants, a convenablement exécuté *la Soie* (chœur imposé). Dans la mesure 30, le *la* dièze n'était pas assez haut, mais la justesse générale était bonne. Quant au rhythme, il aurait pu être plus précis. *La Révolte à Memphis* a mis en relief le timbre de la belle partie de basses de l'Orphéon du Velay. Le succès de cet Orphéon, qui a remporté le premier prix de lecture dans la deuxième division, a été des plus complets et des plus concluants.

La Société philharmonique de Saint-Gilles, du Gard, directeur M. Chansroux, 41 exécutants, a bien rendu le chœur imposé. Mais dans le chœur de choix un accident est venu lui enlever une partie de ses avantages.

L'Orphéon de Milhaud, directeur M. Bastid, 34 exécutants, possède une très-belle sonorité. Il a de la vigueur, de la fougue, trop de fougue quelquefois, surtout dans les mesures 69 et 70. Le *ré* bémol de la mesure 60 n'a pas été fait. Le *Noël* a fait valoir les grandes qualités de l'Orphéon de Milhaud, qui compte de très-belles voix.

La Cécilienne, de Genève, directeur M. Bercalone, 17 exécutants, se fait remarquer, malgré le petit nombre de voix qu'elle présente, par une bonne sonorité. La prononciation est excellente; il y a beaucoup de netteté dans les détails. Dans la *Valse pyrrhique,* les *rallentendo* du milieu ont été trop prononcés. Il ne faut pas oublier que le morceau est une valse ; pour varier les nuances, il ne faut pas dénaturer le caractère d'un chœur. Dans le chœur imposé, nous signalerons la mesure 8 aux deuxièmes ténors, qui n'ont pas fait exactement le *ré* dièze et le *ré* bécarre. Cette faute s'est représentée plusieurs fois dans le courant du morceau. Dans la mesure 79, il y a aussi un défaut de justesse. Ces réserves faites, nous dirons que *la Soie* a été interprétée d'une manière intelligente et pleine de sentiment.

Le Cercle choral de Vénissieux, directeur M. Sandier, 36 exécutants, a parfaitement chanté *les Maçons*. Mais dans le chœur imposé, il a perdu tout le terrain qu'il avait su gagner. Le ton, mal pris ou mal donné, a compromis tout d'abord la justesse générale. La tonalité indécise ne s'est rétablie qu'à la mesure 17. Les mesures 29, 73, 79, 104 et 105, n'ont pas été parfaitement justes.

La Société chorale de Nantua, directeur M. Schœn, 38 exécutants, a fait entendre dans le passage « Active comme les abeilles » une sonorité un peu gutturale. Les deuxièmes ténors n'ont pas attaqué franchement la mesure 35. A la mesure 62, les ténors n'ont pas chanté juste. A la mesure 74, les premiers ténors ont donné le *ré* bémol faux. L'exécution générale était incolore. Le chœur de choix a été beaucoup mieux dit. Nous mentionnerons pourtant une attaque indécise « La flamme au cœur », et plusieurs passages incertains. Malgré toutes ces défectuosités de détails, il faut constater que la Chorale de Nantua renferme de bons éléments, et peut aspirer à de légitimes succès.

La Société chorale de Roanne, directeur M. Romedenne, a chanté *les Enfants de Paris* avec assez de chaleur. A la sixième mesure pourtant, la tierce majeure *(la)* était un peu basse. La gamme chromatique des basses, dans le finale, était inexacte. Le chœur imposé était plein de nuances et d'intentions. Il est à regretter que la justesse ait été trop souvent compromise, notamment dans les mesures 8 et 45. Les deuxièmes ténors ne faisaient pas le *ré* dièse et le *ré* bécarre. La tonalité générale a baissé à la fin du morceau.

Comme observation générale, nous dirons que *la Soie* (chœur imposé) présentait des difficultés inaccoutumées pour des sociétés d'une troisième division, même très-forte. Ce chœur est plutôt écrit pour une première division. Les sociétés qui l'ont chanté avec une supériorité relative ont fait preuve d'une grande aptitude musicale.

3ᵉ DIVISION, 3ᵉ SECTION, GROUPE A.

La Sainte-Génoise de Saint-Genis-Laval. Exécution parfaite. Société bien supérieure à sa section. Très-jolis chœurs du directeur, M. Léon Paliard. Le Jury exprime le vœu qu'une mention très-honorable soit décernée à cette société en plus du premier prix.

Orphéon d'Annonay. Bon sentiment musical. Voix de ténors un peu criardes.

Cœcilia de Villefranche. Justesse douteuse, assez bon ensemble cependant; mauvaise émission de voix. Choix de chœurs trop difficiles.

Cercle Notre-Dame de Saint-Etienne. Assez bien, bonnes voix, un peu de rudesse.

3ᵉ DIVISION, 3ᵉ SECTION, GROUPE B.

Orphéon de Générac (Gard), directeur M. E. Lombard. Le chœur des *Martyrs aux Arènes*, bien qu'un peu difficile pour cette division, a néanmoins permis au Jury d'apprécier les bonnes qualités qui distinguent cette jeune société. La sonorité est excellente, les voix sont bien fondues. Nous reprocherons seulement un peu trop d'entrain dans l'exécution. Ainsi, le passage « Aujourd'hui, la ville est en fête » a été dit avec trop de précipitation ; celui « Et maintenant le sang ruisselle » a manqué de netteté, et la phrase des basses et barytons « Voilà notre dernier soleil » a été médiocrement rendue. Néanmoins l'exécution de ce chœur et la perfection avec laquelle a été rendu *le Chant du travail*, a valu le premier prix à l'Orphéon si habilement dirigé par M. Lombard.

Orphéon Sainte-Eugénie de Mèze, directeur M. Campagnac. Les premiers mouvements du chœur *les Pèlerins* n'étaient pas suffisamment compris ; la tonalité ne paraissait pas bien assise et les nuances manquaient de soins. La prière et le finale ont été convenablement interprétés. *La Mascarade*, mieux sue, a été détaillée avec intelligence.

Le Cercle musical de Chambon-Feugerolles, directeur M. Deutscheler. Cet orphéon, le meilleur comme organisation, comme tenue, comme ensemble, a dit avec énergie le chœur des soldats de *Faust*. Il est fâcheux que les deuxièmes ténors aient compromis la tonalité dans les dernier accords ; le *mi* bémol était un *ré* naturel. Les strophes de *France* ont été enlevées avec un remarquable brio ; et si la fin de ce chœur avait été mieux comprise et détaillée avec plus de soin et de justesse, bien certainement cet Orphéon aurait eu la plus haute part dans les récompenses. L'Orphéon de Chambon a de l'avenir, des éléments excellents, et nous semble appelé à de brillants succès.

La Lyre française de Pignan, directeur M. P. Justy. Cet Orphéon, jeune encore, doit chercher à modifier son émission. Les voix sont communes, elles crient plutôt qu'elles ne chantent. En corrigeant ces défauts, il arrivera facilement à se placer à côté des sociétés de sa division et à s'y faire distinguer. L'exécution de *la Fournaise* a été inférieure à celle du *Jeune Conscrit* qui, plus facile, a été plus convenablement interprété.

L'Orphéon de Saint-Christophe de Puisserguier, directeur M. J. Lavigne. Le chœur *Avant la bataille* n'a pas été chanté dans les véritables mouvements, la justesse a été un peu compromise dans la phrase en *ut* « Peine et regret. » Dans le chœur de *Il Crociato*, les basses chantaient à l'octave avec les ténors dans certains passages où l'unisson n'était pas indiqué, et le dernier accord manquait de justesse. Soignez la prononciation et attachez-vous à observer les nuances sans les exagérer.

3e DIVISION, 5e SECTION.

La Chapelle-de-Quinchay. Ordinaire, mais assez d'ensemble. Mauvaise addition de voix d'enfants dans des chœurs d'hommes.

Société chorale de Saint-Désert. Extrêmement faible. Le directeur devra s'appliquer, avant toute chose, à faire chanter juste.

Orphéon de Parcieux. Bon début, exécution satisfaisante, quelques intonations un peu douteuses, bonnes nuances.

La Renaissante, de Sarcey. Mauvaise intonation, mouvement mal indiqué.

La Lyre d'Or, de Gallargues. Bonne attaque, assez d'énergie, mais un passage complètement faux.

Société chorale de Mizérieux. Pas mal, assez mou d'exécution. Les chanteurs feront bien de ne pas se balancer.

Les Enfants de Jouvence, de Saint-Gengoux-le-Royal. Bonne qualité de son ; morceaux chantés avec goût, mais malheureusement à plusieurs reprises des intonations douteuses.

HARMONIES.

2e DIVISION.

Société musicale de Belley. La fantaisie sur Attila est un morceau trop difficile pour cette musique, cependant il y a quelques parties qui ont été bien rendues. Le chef a parfaitement saisi les mouvements et corrigé quelques fausses notes qui se trouvaient dans la partition. Le solo de baryton a été bien joué, la grosse caisse domine trop.

Société philharmonique de Vienne. Bon ensemble, de la justesse, mouvements bien compris. Cette musique me paraît avoir beaucoup d'avenir.

Harmonie de Tournus. Bon ensemble, les basses sont excellentes, les clarinettes laissent beaucoup à désirer, la grosse caisse domine beaucoup comparativement aux cimbales et aux tambours qu'on n'entend pas.

Harmonie Sainte-Cécile, de Saint-Chamond. Bon ensemble. Le solo de saxophone a été bien joué, mais il était beaucoup trop bas; en général le style laisse beaucoup à désirer dans cette musique.

FANFARES.

DIVISION SUPÉRIEURE.

Pamiers. Cette musique est très-vigoureuse, assez bien nuancée; le solo de piston a été très-bien joué, un peu moins de sons ne nuirait en rien à l'exécution. Le style est bon. Cette musique est appelée à un très-bel avenir.

Tarare. Le morceau imposé a été joué avec beaucoup d'énergie. Les mouvements sont assez bien observés. Solo de trombonne un peu faible. J'engage l'instrumentiste à ne pas autant ménager le son. La fantaisie de *Robert,* morceau très-difficile, a été parfaitement jouée. Solo de *si b* aigu et de baryton très-bien fait.

Dijon. Très-bonne direction; les mouvements parfaitement en rapport avec le texte. Il y a dans cette musique des nuances et des oppositions très-bien observées. Les solos et les rentrées sont faits avec beaucoup de soin.

2e DIVISION, GROUPE B.

Fanfare de Roanne. Les fautes existant sur la partition ont été corrigées par le chef. Les mouvements
ont été bien interprétés, les nuances bien observées.

Ainsi que l'ont décidé les membres du jury du concours de Rive-de-Gier où la fanfare de Roanne a concouru, il serait à désirer que cette société fût classée
à l'avenir dans une division supérieure.

Saint-Symphorien-de-Lay. Morceau imposé malin-
terprété et au-dessus de la portée des exécutants. Justesse satisfaisante. Cette fanfare ayant été mise hors
concours par le Jury, parce qu'elle ne possédait pas
tous les instruments nécessaires pour l'exécution du
morceau imposé, et le règlement du concours portant
que les sociétés de cette division pouvaient n'avoir que
15 exécutants, le Comité organisateur lui a envoyé
une médaille de dédommagement.

Fanfare d'Oullins. Morceau imposé médiocrement
interprété; les fautes d'impression n'ont pas été complètement corrigées. Justesse passable. Les nuances
bien observées. Les mouvements bien exacts.

Fanfare de Trévoux. Morceau imposé assez bien
interprété; nuances observées. Cette fanfare possède
d'excellents éléments. Beaucoup d'ensemble et de
justesse.

3e DIVISION, 1re SECTION, GROUPE A.

L'Arbresle. Bonne fanfare, trop de sécheresse dans
les accompagnements, bon style et bonne qualité de
son, appelée à un bel avenir.

Colonie d'Oullins. Le piston joue trop fort dans les solos et dans le duo du 2ᵉ morceau ; la justesse laisse quelque peu à désirer ; la sonorité par trop poussée à l'extrême et trop de sécheresse ; la mesure a souvent laissé à désirer surtout dans les *Mousquetaires;* bon style dans le morceau imposé, médiocre dans les *Mousquetaires* où les mouvements ont été mal pris. En somme de l'énergie et bonne direction.

Romanèche. L'entrée du morceau imposé manque ainsi que le trois temps ; le quatre-temps beaucoup trop lent, point de son, cependant bonne qualité de son, paralysé par la peur.

Les Enfants de l'Albarine, Saint-Rambert. Point de justesse dans les *forte,* passable dans les *piano,* le 6/8 du morceau imposé trop vite, pas de style. Cette société a concouru dans une section au-dessus de ses forces, cela explique son insuccès.

3ᵉ DIVISION, 1ʳᵉ SECTION, GROUPE C.

Sapeurs-Pompiers de Thoissey. Bonne direction, ensemble satisfaisant, très-bons éléments. Les mouvements sont bien compris, le style laisse un peu à désirer.

Chazay d'Azergues. Bonne direction. Les instruments intermédiaires un peu faibles ; deux pistons assez remarquables, les basses sont très-bonnes, les accompagnements trop forts. Les instruments laissent beaucoup à désirer sous le rapport de la justesse, particulièrement les bugles et les cornets à pistons, ce qui nuit à la bonne exécution de cette musique.

Voiron. Solo de piston très-bien exécuté; les basses sont bonnes, mais un peu plus de son dans les *forte* ne nuirait pas. La justesse est assez remarquable, les nuances sont bien senties. Je recommande au chef d'orchestre d'apporter la plus grande attention dans les mesures composées.

Nantua. Les instruments aigus sont très-sonores, l'ensemble assez satisfaisant. Justesse un peu douteuse, style un peu lourd. Je recommande au chef de s'attacher davantage aux mouvements.

La-Chapelle-Fontaine-Froide. Exécution assez légère, peu de justesse, manque d'instruments intermédiaires. Les accompagnements sont très-faibles, les nuances assez bien observées. Il serait à désirer que l'on ajoutât deux contre-basses à cette musique.

3ᵉ DIVISION, 2ᵉ SECTION, GROUPE B.

Le Puy. Dans la *Part du diable* la justesse a laissé à désirer. Bonne qualité de son. Le premier motif de l'allegro trop sec, mouvements pas trop exacts, belle sonorité dans les *tutti.*

Meloisay. Petits sons, peu de style, émotion à surmonter.

Saint-Cyr. Bonne qualité de son, point de sonorité, justesse laisse à désirer, bons accompagnements.

Sainte-Cécile, de Loriol. Justesse à rectifier, bonne qualité de son en général. Le premier motif de la *Norma* trop lent et trop sec. Bon petit bugle, piston bon mais trop timide.

La Fouillouse. Point de justesse. Le premier morceau a nui à cette société; le deuxième l'a relevée un peu. Sons aigres, surtout dans les notes hautes des instruments aigus. Direction intelligente.

Chalamont. Attaque molle, point de justesse, la marche trop lente, petit bugle trop haut, peu de nuances, par suite, de la monotonie. Le pas redoublé mieux exécuté que la marche.

Pompiers de Montmerle. Basses faibles manquant parfois de justesse ; trop de force dans les *forte.* Direction assez bonne.

Chambon-Feugerolles. Basses justes, direction habile, nuances très-soignées, ensemble très-bon.

La Talançonne, de Reyrieux. Ensemble très-faible, peu où point de justesse. Direction presque faible.

Brignais. Peu d'assurance dans l'ensemble, justesse douteuse. Basses peu sonores, pas d'attaque.

Neuville. Exécution tourmentée ; fautes graves dans l'accompagnement, faiblesses de son dans les *pianos.*

Écully. Cette fanfare est très-bien dirigée, elle manque de justesse. Les nuances sont assez bien exécutées. Style passable.

La Mulatière. Assez bien dirigée, justesse passable, attaque vigoureuse, style passable.

Saint-Héand. Assez bien dirigée, laisse à désirer pour la justesse et les nuances, style passable.

Issengeaux. Cette fanfare qui ne compte qu'une année d'existence est arrivée à un résultat très-satisfaisant; elle est assez bien dirigée, les nuances sont bien observées. Le style est bon.

Doizieux. Cette fanfare laisse beaucoup à désirer comme justesse, comme style et comme nuances; a grand besoin de travail.

Saint-Andéol-le-Château. Laisse à désirer, justesse médiocre, attaque faible.

La Grande-Croix. Les nuances sont assez bien observées. Justesse passable, style médiocre.

3e DIVISION, 3e SECTION, GROUPE C.

Fanfare de Saint-Clair. Bonne sonorité, style assez bon, ensemble satisfaisant, justesse assez bonne.

Fanfare de Saint-Germain-au-Mont-d'Or. Cette petite fanfare a de l'avenir; elle possède un cornet qui joue très-agréablement, les autres instruments n'étaient pas suffisamment accordés.

Fanfare de Caluire. Le morceau du Trouvère est trop difficile pour cette fanfare. Le solo de cornet a été bien rendu.

Fanfare de Collonges. Cette fanfare est encore bien faible, mais on s'aperçoit aisément qu'elle est dirigée par un homme de talent.

Fanfare de Dunières. Bon ensemble, de la justesse et une énergie remarquable dans l'exécution. Le chef qui joue du cornet a fait sur *l'ut* aigu un trille qui nous a bien surpris.

Sainte-Cécile de la Chapelle-de-Guinchay. Quelques phrases ont été bien dites par cette petite fanfare;

Ja justesse laisse à désirer ; l'énergie dans l'exécution est quelquefois poussée un peu trop loin.

Philharmonique de Ternay. Assez bonne sonorité. Le choix des morceaux n'a pas été heureux pour faire ressortir les qualités de cette fanfare.

3e DIVISION, 3e SECTION, GROUPE E.

Soucieux. Ensemble bon, précision dans l'attaque, direction craintive.

Cailloux-sur-Fontaine. Ensemble bon, nuances bien marquées, bonnes qualités de son. Quelques instruments d'accompagnement un peu haut, direction intelligente.

Bessenay. Morceaux simples, bonne émission de son, très-juste, direction bonne.

Tassin. Faiblesse numérique eu égard au choix des morceaux. Bonne qualité de son, basses un peu faibles mais assez justes.

Philharmonique d'Oyonnax. Dureté de son dans les *forte*, manque de justesse dans les *piano*, direction excentrique, confusion dans plusieurs endroits, mélodie tronquée.

Feurs. Exécution souple, bon ensemble, juste, direction habile et intelligente.

PIÈCES JUSTIFICATIVES

RELATIVES A L'ORGANISATION DU CONCOURS.

RÈGLEMENT GÉNÉRAL DU CONCOURS.

ARTICLE PREMIER. — Un Concours d'Orphéons, de Musiques d'harmonie et de Fanfares, sera ouvert à Lyon, le *Dimanche* 22 *mai* 1864, sous les auspices de l'administration municipale.

ART. 2. — Toutes les Sociétés de la France et des pays voisins pourront y prendre part.

Il y aura des divisions spéciales pour les Sociétés chorales étrangères.

ART. 3. — Le premier Concours consistera en une lecture à *première vue*. Ce Concours extraordinaire aura lieu entre toutes les Sociétés sans exception et sans distinction de divisions ou de sections.

Il y aura pour ce Concours deux divisions pour les Orphéons et deux divisions pour les Sociétés instrumentales.

Les Sociétés chorales qui voudront y prendre part s'engageront à chanter un quatuor inédit (pour la première division), et un duo inédit (pour la deuxième division), et les Sociétés instrumentales à jouer un morceau qui sera plus difficile pour la première division que pour la seconde.

Ces morceaux seront remis aux Sociétés au moment même du Concours.

Les Sociétés chorales qui en feront la demande recevront la musique écrite en chiffres.

Art. 4. — Quant aux autres Concours, ils comprendront cinq divisions.

Division d'excellence.

Pour entrer dans cette division, les Orphéons ou Sociétés instrumentales devront exécuter :

Un morceau inédit, d'une difficulté au moins égale à celle des morceaux habituellement imposés dans la division supérieure, et qui sera envoyé de Lyon ou indiqué *dix jours* avant le Concours ;

Division supérieure.

Orphéons ou Sociétés instrumentales qui ont déjà concouru dans cette division ou qui ont obtenu un premier prix dans la première division.

Première division.

Sociétés ayant remporté dans un précédent Concours le premier prix dans la deuxième division.

Deuxième division.

Sociétés ayant remporté dans un précédent Concours

le premier prix de la première section de la troisième
division.

Troisième division.

Composée de cinq sections dont le classement sera
fait d'après les feuilles de renseignement.

ART. 5. — Les Sociétés qui ont obtenu le premier
prix ascendant ou non de leur division ou section de
division, dans un précédent Concours, ne pourront
prendre part à celui-ci que dans une division ou section de division supérieure.

ART. 6. — Les Sociétés qui n'ont pas encore concouru, et qui, dans les Concours antérieurs n'ont pas
été classées, seront inscrites dans l'une des divisions
ou sections indiquées, sur leur demande, et confor-
mément aux renseignements qu'elles donneront au
moment de leur inscription.

ART. 7. — Les Sociétés qui se présenteront dans la
division d'excellence pourront néanmoins concourir
dans leurs divisions respectives.

ART. 8. — A part cela, une Société ne pourra se
présenter au Concours que dans la division où elle a
été inscrite.

ART. 9. — Le chœur ou morceau imposé sera adressé
de Lyon ou indiqué aux Sociétés :

Dix jours avant le Concours, pour la division d'excellence ;

Quinze jours avant le Concours pour la division
supérieure ;

Un mois avant le Concours, pour la première et la
deuxième division, ainsi que pour la première section
de la troisième division.

ART. 10. — Le minimum du nombre d'exécutants
pour chaque Société est fixé comme il suit :

SOCIÉTÉS.	DIVISION SUPÉRIEURE.	1re DIVISION.	2e DIVISION.	3e DIVISION. 1re SECTION.	3e DIVISION. DEUX. SECT.
Chorales.	30	24	20	16	12
Musiques d'harmonie.	35	30	24	16	12
Fanfares	30	21	15	12	12

ART. 11. — Est exclue du concours toute Société collective formée de plusieurs Sociétés d'une même localité.

ART. 12. — Une feuille de renseignements sera adressée à chaque Société, en même temps que le présent Réglement.

Cette feuille devra indiquer, entre autres choses, le nom, l'âge, la profession de tous les membres qui composent la Société, en indiquant aussi depuis combien de temps chacun d'eux apprend la musique.

Le feuille de renseignements devra être apostillée du Maire de la commune, qui déclarera que les membres inscrits font partie de la Société depuis *trois mois* au moins. Cette condition est obligatoire.

ART. 13. — Les Sociétés musicales de Lyon se chargent de l'organisation du Concours. Elles ne concourront pas.

ART. 14. — Chaque chanteur ou exécutant ne pourra prendre part au Concours qu'avec la Société à laquelle il appartient. Toutefois, la même personne pourra concourir à la fois dans une Société de chant et dans une Société instrumentale.

ART. 15. — Chaque Société chantera ou exécutera deux morceaux, y compris le morceau ou le chœur imposé.

ART. 16. — Le Comité organisateur attachant une

grande importance à la bonne exécution des morceaux d'ensemble, exclut tous les chœurs contenant des solos ou des quatuors solos, ainsi que tout morceau choisi dans l'intention de couvrir, par l'habileté des solistes, la faiblesse de l'ensemble.

ART. 17. — Une Société ne pourra concourir avec un morceau qui lui aura déjà valu une récompense dans un Concours précédent.

ART. 18. — Sera exclue du Concours toute Société qui se serait adjoint, pour le Concours seulement, des amateurs ou artistes qui, d'ordinaire, ne font pas partie de la Société.

ART. 19. — Seront exclues du Concours les Sociétés qui auront laissé passer leur tour d'inscription pour entrer en lice.

ART. 20. — L'ordre du Concours sera réglé en présence des délégués de l'autorité municipale, par un tirage au sort qui aura lieu le dimanche 17 avril.

Chaque Société inscrite a le droit de se faire représenter à ce tirage.

ART. 21. — Les Sociétés qui prendront part au Concours devront se faire inscrire avant le 1er mars, en écrivant *franco* à Lyon, à M. Muris, pour les Sociétés chorales, et à M. Silvan, pour les Sociétés instrumentales, et en renvoyant complètement remplie la feuille de renseignements qui leur aura été adressée.

ART. 22. — Les Jurys du Concours seront composés de membres choisis parmi les notabilités artistiques de France.

ART. 23. — Les différents Jurys seront organisés la veille du Concours et se composeront chacun de cinq membres.

ART. 24. — Les appréciations différentes des Jurys porteront (pour les Orphéons) : 1º sur la justesse d'in-

tonation et le maintien de la tonalité ; 2° sur la prononciation ; 3° sur la fusion des voix et des timbres ;
4° sur la qualité de son ; 5° sur la gradation des
nuances, et 6° sur l'expression et la manière dont la
composition a été comprise ; — (pour les Sociétés instrumentales) : 1° sur la justesse ; 2° sur l'attaque et la
qualité de son ; 3° sur la fusion des timbres ; 4° sur la
gradation des nuances, et 5° sur l'expression et la
manière dont la composition a été comprise.

Ces appréciations seront traduites dans les colonnes
d'un tableau à ce destiné, par les chiffres 6, 5, 4, 3, 2, 1,
correspondant aux mentions *très-bien, bien, assez
bien, médiocre, passable, mal.* Le Jury, conformé-
ment à ces tableaux, arrêtera l'ordre dans lequel les
récompenses seront décernées.

ART. 25. — La distribution des médailles aura lieu
immédiatement après le Concours.

ART. 26. — Toutes les contestations et difficultés
seront portées devant le Comité organisateur, dont les
décisions seront sans appel.

ART. 27. — Un avis ultérieur donnera le détail de la
fête.

Lyon, le 1er février 1864.

Les Secrétaires du Comité,   *Le Président,*
SILVAN, MURIS.   EMILE GUIMET.

Vu et approuvé :

Lyon, le 2 février 1864.

*Le Sénateur, chargé de l'administration
du Rhône,*   VAÏSSE.

FEUILLE DE RENSEIGNEMENTS

A fournir sur la situation de la Société de _____
au ___ *février* 1864.

———⊱⊰———

1º Département........

2º Arrondissement.....

3º Ville ou commune...

4º Nom de la Société...

5º Date de sa fondation.

6º Concours auxquels elle
   a pris part........

7º Divisions ou sections
   de divisions dans les-
   quelles elle a con-
   couru............

8º Titres des morceaux
   chantés ou exécutés
   dans les Concours
   précédents........

9º Prix obtenus dans cha-
   cune des divisions ou
   sections de division.

10º Division ou section de
   division dans laquelle
   elle désire concourir.

11º Morceaux qu'elle exé-
   cutera............

(Noms des auteurs.)

CERTIFIÉ :
Le Directeur,

6

SOCIÉTÉ de_____

NOMS DES MEMBRES	PROFESSION	AGE	DEPUIS combien d'années chacun étudie la musique.
Président............			
Vice-Président........			
Directeur............			
Sous-Directeur.......			
Secrétaire...........			
Trésorier............			
Membres			

Je certifie que ces renseignements sont exacts et que tous les Membres inscrits font partie de la Société depuis plus de trois mois.

Le Maire,

COMMISSION DE RÉCEPTION ET DE SÉJOUR

Les devoirs de cette Commission sont les plus difficiles à remplir ; elle doit laisser dans le cœur de nos hôtes du 22 mai un bon souvenir.

Sa devise doit être *Abnégation, Union* et *Dévouement.*

ORGANISATION

Commissaires généraux

Cinq Commissaires généraux seront pris parmi les Présidents des Sociétés faisant partie du Comité organisateur ; chaque Commissaire représente un arrondissement municipal ; ils choisiront entre eux un président et un secrétaire. Ces cinq Commissaires généraux formeront le Bureau de la Commission entière. Tout ce qui a rapport au séjour des Sociétés est sous leur responsabilité ; ils reçoivent les demandes d'entreprise de la nourriture et du logement des Sociétés ; ils envoient aux domiciles indiqués les Commissaires-Inspecteurs actifs pour recueillir les renseignements sur la moralité et la solvabilité des entrepreneurs ; ils passent les traités avec eux pour le nombre des couverts et le prix des repas ; ils ont la haute main sur tous les Commissaires, soit inspecteurs, soit ordinaires et leur communiquent les ordres du Comité organisateur ; ils veillent au bien-être des Sociétés, reçoivent les rapports des Commissaires-

Inspecteurs et avisent à remédier aux plaintes qui pourraient être faites par les Sociétés.

Commissaires-Inspecteurs actifs.

Chaque Commissaire général s'adjoindra, à son choix, cinq Commissaires-Inspecteurs actifs pour l'aider dans les recherches des logements ou restaurants ; ces Inspecteurs feront des rapports sur les logements visités par eux dans l'Arrondissement municipal de leur Commissaire général ; ils ne recevront des ordres que de ces derniers et auront sous leur responsabilité huit à dix Commissaires ordinaires, à qui ils communiqueront les ordres émanant du Comité organisateur. Le jour du Concours, il leur sera adjoint des Commissaires d'honneur, chargés de complimenter les Sociétés à leur arrivée ou dans leurs logements ; ces Commissaires les remercieront à leur départ, consoleront les vaincus et féliciteront les vainqueurs. Les Commissaires d'honneur seront désignés par le Comité organisateur ; ils n'auront aucun service avant le jour du Concours ; ils seront choisis parmi les membres de nos Sociétés savantes et artistiques.

Commissaires ordinaires.

Ces Commissaires seront en nombre égal aux Sociétés prenant part aux Concours ; chaque Commissaire correspondra avec la Société pour laquelle il a été désigné ; il la recevra à son arrivée dans la ville, restera avec elle pendant tout son séjour ; la dirigera dans la ville, la conduira à son logement ou dans son restaurant, l'accompagnera au lieu du Concours, sera avec elle pendant le défilé du cortége, communiquera à la Société les ordres de discipline, lui délivrera les

billets de circulation pour tous les sociétaires exécutants et honoraires, portera l'insigne de la Société
conjointement avec celle de Commissaire du Concours,
fera un rapport exact des observations qui pourraient
se produire au sujet de la Société à laquelle il est
attaché, sera porteur de toutes les instructions rela-
tives au Concours, et renseignera, heure par heure,
la Société sur ce qu'elle aura à faire pendant son séjour.

Conclusions.

Afin de conserver l'unité de service que nécessitera
une aussi grande affluence de Sociétés, il est bien
convenu que les Commissaires ordinaires ne communiqueront qu'avec le Commissaire-Inspecteur qui leur
sera désigné, de même que les Commissaires-Inspecteurs actifs ne recevront les instructions nécessaires
au service que de leur Commissaire général, qui, lui-
même, ne donnera que les instructions convenues
avec le Comité organisateur.

Cette hiérarchie d'ordre est nécessaire pour l'unité
et la réussite de l'œuvre à laquelle se dévouent tous
les coopérateurs de notre Concours.

Lyon, le   1864.

A Messieurs les Membres de la Commission de Séjour,

J'ai l'honneur de vous offrir pour le séjour des Sociétés pendant le Concours, le logement à (1) personnes ; la nourriture pour personne

Aux conditions suivantes :

Déjeuner à   par tête : une bouteille de vin,   plats,   hors-d'œuvre, dessert.

Dîner à   par tête : une bouteille de vin, potage,   plats,   hors-d'œuvre, dessert.

Lit   pour une personne et par nuit.

Lit   pour deux personnes et par nuit.

En attendant votre réponse, je suis, Messieurs, votre serviteur.

Demeurant

(1) Le nombre et le prix en toutes lettres.

Lyon, le 7 mai 1864.

MONSIEUR,

La Commission de Séjour a l'honneur de vous informer que vous avez été délégué comme Commissaire de la Société

Vous voudrez bien vous informer de l'heure d'arrivée de cette Société et vous entendre avec elle pour la recevoir et la conduire à

Rue

RENSEIGNEMENTS :

Repas,   Couverts.   Lits.

Le Commissaire général de votre arrondissement vous donnera les instructions dont vous aurez besoin.

Recevez, Monsieur, mes salutations.

Le Président du Comité,

BIED-CHARRETON.

M.   Commissaire général, rue

Lyon, le 10 mars 1864,

LE COMITÉ ORGANISATEUR

A Messieurs les Directeurs des Sociétés.

Monsieur,

Le Comité organisateur a constaté, avec une vive satisfaction, l'accueil sympathique que l'annonce d'un Concours musical à Lyon avait reçu de toutes parts. En effet, près de 250 Sociétés vocales et instrumentales ont bien voulu répondre à l'appel qui leur avait été adressé, et 24 départements ont assuré leur contingent artistique à cette Fête d'harmonie et de fraternisation.

Pour perpétuer le souvenir de cette belle manifestation, il a été décidé qu'une Médaille commémorative serait offerte, au nom du Comité organisateur, à toutes les Sociétés qui assisteront au Concours.

Nous vous adressons la liste des Sociétés inscrites et le classement qui en a été fait d'après leurs feuilles de renseignements.

Nous y joignons un bulletin que nous vous prions instamment de nous renvoyer *dans le plus bref délai*, après avoir répondu avec soin aux questions qu'il renferme. Ce n est qu'après la réception de ce bulletin que nous pourrons nous occuper de pourvoir aux difficultés de logement et de nourriture qui se présentent d'habitude dans les Concours pour le séjour des Sociétés.

Afin de faciliter les réponses aux questions que nous vous adressons, nous vous donnons ici le programme de la journée du 22 mai.

A huit heures du matin, concours de lecture à première vue.

A dix heures du matin, défilé des Sociétés, bannière en tête.

A midi, concours général dans tous les locaux désignés.

A cinq heures du soir, distribution des médailles, remise des médailles commémoratives aux Sociétés *présentes*.

La Compagnie du Chemin de fer a accordé aux Sociétés une remise de 50 p. %, sous forme de billets collectifs, qui forceront les membres des Sociétés à voyager ensemble et par des trains désignés à l'avance.

Agréez, Monsieur le Directeur, l'assurance de notre considération distinguée.

Le Président du Comité,

EMILE GUIMET.

Les Secrétaires du Comité,

SILVAN, MURIS.

SOCIÉTÉ

Le nombre bien exact des membres prenant part au voyage? . . .
Combien de cartes de circulation?
La gare de départ? . . . . .

Coucherez-vous ? . . . .

(1) Combien de lits ? . . . . . .

Combien de repas ? . . . . . .

(2) Quel prix? . . . .

Combien de couverts ? . . . . .

(3) Vos morceaux de Concours? .

Prenez - vous part à la lecture à
1re vue, et dans quelle division?

Le Directeur de la Société,

(Signature).

COMITÉ DE RECETTE ET CONTROLE.

Ce Comité est composé des Trésoriers des vingt-
trois Sociétés prenant part à l'organisation.

Ils choisiront un Président et un Secrétaire.

Chaque Trésorier sera chargé d'un local de concours;
il prendra le titre d'Inspecteur.

(1) Compter sur 1 fr. 50 c. ou 2 fr. par lit. (En couchant deux,
1 fr. par personne).

(2) Déjeuner, 1 fr. 50 ou 2 fr.

Dîner, 2 fr. 50 c. ou 3 fr.

(3) En cas de changements dans les indications de la première
feuille de renseignements.

(*N. B.*). Les Sociétés sont engagées pour les repas et logements
commandés, et si elles se dédisent, elles devront le faire *dix jours*
à l'avance.

Il devra choisir le local le plus rapproché de son domicile, ou la division chorale ou instrumentale à laquelle la Société appartient. Si, après ce classement, il y avait contestation, le sort déciderait.

L'Inspecteur choisira, à sa volonté, trois Commissaires ordinaires, dont l'un sera désigné pour l'entrée, avec deux Contrôleurs à solde. Ce Commissaire veillera à ce que personne n'entre sans payer ou sans être porteur d'une carte de circulation verte, bleue, ou blanche si c'est un orphéoniste. Dans ce dernier cas, il devra exiger la décoration ou l'insigne de la Société. Lorsqu'il reconnaîtra une fraude, il refusera l'entrée et en référera à l'Inspecteur.

Le 2e Commissaire sera chargé de l'ordre de l'intérieur, désignera aux Sociétés leur place à tenir devant le Jury, fera circuler celles qui auront concouru, afin d'éviter l'encombrement, fera observer le silence par le public et donnera le nom de chaque Société au Jury avec la désignation des morceaux qu'elle exécutera.

Le 3e Commissaire sera spécialement attaché au Jury; il sera à sa disposition pour tout ce dont il pourrait avoir besoin, fera signer le nombre de diplômes jugés nécessaires par M. le Président, remettra en place les dossiers de chaque Société et les replacera tous en ordre, et, lorsque le groupe entier aura concouru, remettra toutes les feuilles du Jury au Secrétariat du Concours.

L'Inspecteur, chef du service, remettra au Président de son Comité une note exacte de la recette de son contrôle, et versera entre ses mains les sommes perçues. Ce document sera signé par lui et ses trois Commissaires.

M. le Président du Comité tiendra un état exact de chaque recette.

Après le Concours, les Contrôleurs-Inspecteurs se rendront avec leurs trois Commissaires et leurs Percepteurs à solde pour organiser le service de la place Bellecour, afin de le diviser le plus possible ; ils devront être en place à trois heures et demie et se relèveront si le service le permet ; mais, au moment du concert, de quatre heures et demie à six heures, tout le monde devra être à son poste.

Il ne sera point établi de change de monnaie sur la place. Le prix d'entrée sera de 1 franc. Les cartes bleues seront seules admises, ainsi que les cartes d'orphéonistes.

M. le Président du Comité devra, au plus tôt, s'entendre avec M. le Secrétaire général de la police pour le besoin du service des sergents de ville nécessaires aux locaux et aux entrées de la place, ainsi que pour les postes militaires nécessaires au maintien de l'ordre.

Afin de faciliter le service des entrées, on donnera aux Percepteurs une boîte dont la clé sera entre les mains de l'Inspecteur,

L'entrée des lieux de concours, dans la ville, sera de 1 franc.

A la Croix-Rousse, elle sera de 50 centimes.

Les porteurs de cartes de circulation n'ont droit, dans les théâtres, qu'aux places de 1 franc, et devront payer un supplément de 2 francs pour entrer aux premières galeries.

Monsieur,

L'époque de notre grande Fête musicale approchant, nous venons vous rappeler que la Commission de patronage compte sur le concours de ses concitoyens pour donner à cet événement artistique l'importance et la solennité que comporte la seconde ville de l'Empire.

Nous avons l'honneur de vous rappeler aussi que les souscriptions destinées à subvenir aux frais du Concours seront accueillies avec reconnaissance, et que l'on peut se procurer des billets de circulation et d'estrades, au *Bureau de renseignements, quai Saint-Antoine,* 10, ainsi que dans les Mairies et chez les Marchands de musique

Recevez, M.   , l'assurance de notre considération distinguée.

LA COMMISSION DE PATRONAGE :

MM. Arlès-Dufour, président.

de Prandière, maire du deuxième arrondissement, vice-président.

Besson, maire du cinquième arrondissement.

Bied-Charreton, membre du conseil d'arrondissement.

Boissonnet, conseiller général de l'Ardèche.

Bonnet, ingénieur en chef de la ville.

Bonnet, président des prud'hommes.

Bruneau, membre du conseil municipal.

Cabias, maire du quatrième arrondissement.

Le colonel Cadic, au deuxième Hussards.

Cézan, secrétaire général de la Préfecture.

Le général comte de Clonard.

Cottiot, inspecteur du mouvement au chemin de fer Paris-Lyon.

Marius Cote, banquier.

Dalin, juge de paix, administrateur des Hospices.

Dardel, architecte, conseiller général.

Desjardins, architecte en chef de la ville.

Le docteur Desgranges, professeur à l'Ecole de médecine.

Le général Douai, commandant la place de Lyon.

Droche, membre du conseil municipal.

Dugueyt, notaire.

Le général Espivent de la Villesboisnet, chef d'état-major général.

Faure-Delphin, administrateur des hospices.

E. Gayet.

Gilardin, substitut du procureur impérial.

Guilland, juge d'instruction.

J.-B. Guimet, membre du conseil municipal.

Hignard, professeur au Lycée impérial.

H. Jame, secrétaire-trésorier de la Chambre de commerce.

Le général Janin.

Le docteur Jourdan, doyen de la Faculté des sciences.

Lachaize, maire du premier arrondissement.

Lachèze, conseiller à la Cour.

Laforge, agent de change.

Le général comte de Lauriston.

M. Lefèvre.

Loison, président à la Cour.

Lyonnet, ex-président du Tribunal de commerce.

Le baron de Metz, secrétaire-général de la Préfecture.

Mouillard, proviseur du Lycée impérial.

Docteur Ollier, chirurgien en chef de l'Hôtel-Dieu.

Passaut, président de la cent vingtième Société de secours mutuels.

De Plasman, avocat général.

Poulot, capitaine d'état-major.

De Prandière, substitut du procureur général.

Richard-Vitton, maire du troisième arrondissement.

De La Saussaye, conseiller de préfecture.

Valentin-Smith, conseiller à la Cour.

Vachez, notaire, président de la Société de patronage.

Valois, président de Chambre.

A. Vidal, président du Tribunal de commerce.

Vidal-Galine, membre du conseil municipal.

De Villeneuve, avocat.

———

Lyon, 12 Mai 1864.

MONSIEUR LE MAIRE,

J'ai l'honneur de vous adresser, au nom de la Commission du Concours musical ouvert à Lyon,
affiche relative à cette fête.

Je vous prie de bien vouloir 1 faire placarder immédiatement, et d'agréer, Monsieur le Maire, l'assurance de mon respectueux dévoûment.

Le Président de la Commission d'organisation,
Emile GUIMET.

Lyon, le 18 mai 1864.

Monsieur,

Nous vous adressons les heures de départ des Sociétés qui pourront profiter de la réduction de 50 %. Nous vous rappelons que cette faveur est consentie aux conditions suivantes :

Chaque Société devra être composée de 20 personnes au moins ; les membres d'une même Société voyageront ensemble ; tout voyageur isolé ou toute Société qui prendra un train autre que celui qui aura été désigné paiera place entière.

Chaque membre d'une Société devra être muni d'un bulletin nominatif constatant sa qualité et signé du chef de corps.

Enfin, la réduction aura lieu au moyen d'un billet collectif, délivré par le chef de la gare de départ, entre les mains duquel chaque Société devra acquitter à l'avance le prix des places pour l'aller et le retour.

Veuillez nous envoyer le plus tôt possible le jour et l'heure de votre départ de Lyon.

La Compagnie du chemin de fer a bien voulu rendre vos billets d'aller et retour valables jusqu'au mercredi soir.

Nous vous avons envoyé le programme de la fête du dimanche ; il y aura le lundi à midi, au Grand-Théâtre, une représentation spéciale *de la grande Féerie* de PEAU D'ANE.

A 5 heures, au Parc de la Tête-d'Or, *Grand Festival allemand*, donné par l'Harmonie de Rastadt, la Cœcilia (Cercle allemand), et plusieurs Sociétés lyonnaises.

La distribution des écharpes se fera à 10 heures, quai du Rhône. Les Sociétés présentes en recevront seules.

Une médaille commémorative sera donnée à chaque Société qui prêtera sa bannière pour orner l'estrade pendant la distribution des récompenses.

Les Sociétés qui viendront par le chemin de fer ligne de Paris, descendront à Vaise (train désigné).

Les Sociétés qui viendront par le chemin de fer, ligne du Bourbonnais, descendront à Perrache, gare des marchandises (train désigné).

Les Sociétés qui viendront par le chemin de fer, ligne de Genève, descendront aux Brotteaux.

Les Sociétés doivent repartir avec leur billet collectif, dans les gares où elles sont arrivées.

MM. les Membres du Jury voudront bien prendre en considération les observations suivantes, pour la régularité du Concours et afin que le même ordre soit suivi par tous les Jurys.

Seront exclues du partage aux récompenses :

1° Les Sociétés qui auront donné de faux renseignements, signalés par deux Sociétés au moins ; une seule protestation ne sera pas valable.

2° Toute Société qui se sera adjoint des Membres ne faisant pas partie de la Société.

3° Toute Société dont le nombre d'artistes dépasserait un huitième du nombre des amateurs, à moins que les Sociétés rivales se trouvent dans les mêmes conditions.

4° Toute Société instrumentale employant des instruments en dehors des règlements ou instruments inconnus.

5° Les fanfares employant une batterie ou des instruments autres que ceux en cuivre. — Les caisses roulantes ou claires, triangle et timballes sont tolérés.

6° Toute Société ne répondant pas à l'appel de son numéro, sauf le cas prévu pour les directeurs.

En cas d'hésitation, MM. les Membres du Jury sont priés d'être favorables :

1° Aux Sociétés dont les Membres appartiennent aux classes ouvrières et surtout agricoles.

2° A celles qui sont éloignées des grandes villes, et où les auditions musicales sont presque inconnues.

3° MM. les Jurés permettront les permutations de numéro pour l'ordre d'audition, dans le cas où le directeur en dirigerait deux ou plusieurs ; ils laisseront au choix du directeur le numéro qu'il jugera convenable de prendre pour coïncider avec les autres concours où il est obligé de paraître.

4° MM. les Jurés devront tenir compte des fautes faites par les copistes dans les morceaux imposés, et être favorables aux directeurs qui les auront corrigées avec intelligence.

5° Le mode d'appréciation par chiffres, employé avec succès au concours de Strasbourg, a été adopté pour le concours de Lyon ; il est rare que deux Sociétés aient un chiffre égal. Le Comité désirerait que MM. les Jurés soient sobres du prix *ex æquo*, qui fait deux mécontents au lieu d'un, et donne lieu à des contestations dans les organisations des nouveaux concours.

NOTES RELATIVES A L'EXÉCUTI ON DU MORCEAU DE CONCOURS

Division   *Section*   *Groupe*

OBSERV ATIONS

Chaque Membre du Jury remplira une feuille semblable avec son appréciation personnelle et la signera. M. le Président seul fera les appréciations sur la Société. M. le Secrétaire réunira le chiffre total de toutes les listes, et donnera au Comité le résultat général du groupe.

La note *très-bien* est représentée par le chiffre 6. — *Bien*, par le chiffre 5. — *Assez-bien*, par le chiffre 4. — *Médiocre*, par le chiffre 3. — *Passable*, par le chiffre 2. — *Mal*, par le chiffre 1.

Nos	VILLES ET COMMUNES	NOMS DES SOCIÉTÉS.	TITRE DU MORCEAU DE CONCOURS.

NOM DE COMPOSITEUR.	Nombre de Chanteurs ou Instrumentistes.	JUSTESSE d'intonation	MANIÈRE de la nuancé.	QUALITÉ des sons.	ATTAQUE et prononciation.	FUSION DES VOIX et des timbres.	GRADATION et nuances,	Expression et manière dont la composition a été exécutée.	TOTAUX

Signature du Juré :

Appréciation personnelle de M. le Président du Jury sur chaque Société.

Le Président,

Division_____ Section_____ Groupe_____

RÉSUMÉ DU CONCOURS

No du CONCOURS	NOM DE LA SOCIÉTÉ	NOM DU DIRECTEUR	CHIFFRES obtenus

Le Président,   Le Secrétaire,

Désigner le genre : Orphéon, harmonie ou fanfare.

CONCOURS DE LYON.

Le Comité organisateur, en publiant les observations suivantes comme ordre du jour, n'a qu'un désir, celui d'assurer une conformité d'ordre, afin que toutes les personnes qui ont accepté les diverses charges de cette journée les remplissent exactement.

ORDRE DU JOUR :

Samedi 21 Mai.

Messieurs les Inspecteurs du Comité de contrôle devront, dans la journée de samedi, faire retirer, avant cinq heures, au bureau du Concours, quai Saint-Antoine, les dossiers de toutes les Sociétés et tous les papiers nécessaires au Jury, classés par locaux de concours et par groupe ou division.

Messieurs les membres du Comité de réception iront au devant des membres du Jury et les conduiront à l'endroit indiqué pour les réunir tous et convenir ensemble de l'emploi de la journée du lendemain.

Messieurs les délégués de la presse lyonnaise, membres du Comité de réception, voudront bien se charger de faire les honneurs à leurs collègues de Paris.

Messieurs les directeurs des Sociétés musicales lyonnaises, à huit heures et demie du soir, réuniront leurs Sociétés, place Bellecour, près de l'estrade destinée au concert du lendemain : elles se rendront ensemble, en cortége, au local indiqué pour la sérénade donnée au Jury, si, toutefois, ces Messieurs sont arrivés ; dans le cas contraire, elles se dirigeront de suite à la gare de Perrache, en suivant l'itinéraire du programme de la retraite aux flambeaux ; elles exécuteront en marchant et en alternant, chorales et instrumentales. Les clairons sonneront la retraite pendant les intervalles.

Avant de diviser le cortége, les clairons sonneront une dernière fois la retraite, et Messieurs les Commissaires conduiront les Sociétés dans leurs logements.

Dimanche 22 mai

CONTROLES.

Les Commissaires-Inspecteurs des contrôles, chargés du service des concours à vue, devront être rendus à leur poste à sept heures du matin, afin de préparer les tables pour le Jury et tout ce qui leur sera nécessaire ; ils feront placarder tous les avis concernant le public, les prix d'entrée et l'ordre ou consigne relatif au local, et placeront les hommes de service, sergents de ville ou militaires. Pour les concours ordinaires, Messieurs les Inspecteurs et leurs Commissaires devront être en place à onze heures ; ceux du concours d'excellence à deux heures, et tous devront être réunis place Bellecour, à trois heures et demie, pour le service des contrôles, des estrades et de la place.

Tout billet présenté sur la place, soit d'estrade, soit de circulation, devra être déchiré par un des coins, afin de ne pouvoir servir deux fois, et remis à son porteur après avoir subi ce contrôle. Tout billet déchiré

ne pourra rentrer. Les billets de circulation verts
n'ont pas droit à l'entrée de la place Bellecour.

CORTÉGE.

A neuf heures et demie, toutes les Sociétés se rendront quai du Rhône, entre le pont Morand et le pont
de la Guillotière, rive droite. Le numéro 1 du cortége
sera placé près le pont Morand, en suivant le quai de
Retz et de l'Hôpital. Les Sociétés se placeront, face aux
maisons, sur huit sociétaires de front au moins, quel
que soit le nombre des Sociétaires ; elles marcheront
dans le cortége sur le même nombre, afin d'éviter une
trop grande longueur (chaque arbre du quai portera
un numéro). La bannière devra être placée devant
chaque Société, accompagnée du Directeur et du Commissaire lyonnais. Avant le défilé, Messieurs les
membres du Comité de réception délivreront à chaque
Société l'écharpe de bannière offerte par la Chambre
de commerce de Lyon et tissée spécialement pour le
Concours.

Toute Société qui ne paraîtra pas au cortége n'aura
pas droit à cette écharpe, à moins d'empêchements
majeurs. Le Comité de réception divisera en huit frac-
tions au moins le cortége, afin d'avoir vingt à vingt-
cinq Sociétés seulement à complimenter. Aussitôt la
distribution achevée, le cortége se mettra en marche ;
le numéro 1 descendra sur la chaussée, toujours
par huit de front au moins (cette observation est de
toute rigueur), et défilera devant le numéro 2, qui
descendra à son tour sur la chaussée, et de même
jusqu'au dernier numéro du cortége.

Chaque section sera divisée par un peloton de sapeūrs-pompiers de la ville, commandé par un capitaine, membre du Comité du cortége. Chaque Société aura sa bannière, son Directeur et le Commissaire lyonnais deux pas en avant, et les Sociétés, pour la régularité du cortége, devront marcher à huit pas de distance les unes des autres.

Le cortége entrera sur la place Bellecour par la place de la Charité, défilera devant Messieurs les membres du Jury et les Comités placés sur les estrades de la place (les personnes munies de billets d'estrade y seront admises), Le défilé continuera selon le parcours indiqué dans le programme. Après la rue Impériale, et en rentrant, place Léviste, les Sociétés qui concourent, soit à la Croix-Rousse, soit dans l'intérieur de la ville, rentreront par la rue de l'Impératrice. Celles qui concourent à Vaise s'y rendront par le quai de la Saône. Celles qui concourent à Perrache suivront les façades du Rhône. Celles qui concourent à la Guillotière suivront la rue de la Barre. Après avoir concouru, chaque Société enverra sa bannière aux estrades, avant quatre heures. Il sera remis en échange, par le Commissaire chargé de ce service, la médaille commémorative du Concours, qui ne sera donnée qu'aux Sociétés dont la bannière figurera aux estrades. Les divisions d'excellence devront envoyer leurs bannières avant ce dernier Concours.

Les Commissaires des contrôles, chargés du Jury, accompagneront ces Messieurs dans les locaux de concours, soit en voiture, soit à pied, selon la distance des locaux. Lorsqu'un groupe aura concouru, M. le président du Jury, après avoir signé le diplôme et la feuille générale de chaque Société, devra les remettre au Commissaire chargé de faire parvenir ces documents au Comité de musique et Secrétariat chargé de remplir les diplômes pour la distribution des récompenses, dont le siége sera dans une des salles de la Bourse, l'endroit le plus central de la ville.

A cinq heures, les Sociétés lyonnaises devront être rendues près de l'estrade du concert. L'escalier de droite servira pour descendre et celui de gauche pour monter, afin qu'il n'y ait pas confusion lorsque les Sociétés se remplaceront.

Messieurs les Directeurs des Sociétés, accompagnés de leurs Commissaires, se tiendront entre la tribune des autorités et celle du Concert, place qui sera réservée pour eux et tous les Commissaires lyonnais, porteurs de l'insigne (un lion sur les décorations). Les Sociétés des divisions d'excellence, qui auront obtenu le premier prix et qui séjourneront à Lyon, se rendront dans la salle du banquet et exécuteront, devant l'assemblée, les morceaux qui leur auront valu la récompense.

Afin que le service soit régulier, toutes les Commissions spéciales auront une décoration de couleur différente :

Le Jury, ruban blanc.

La Commission de patronage, violet.

Le Comité d'organisation, rouge.

Les Comités de musique, orange et bleu.

Comité de réception, rose.

    — de séjour, bleu.

    — de contrôle, orange.

    — de construction, havane.

    — de cortége, rouge et bleu.

    — de voyage, vert.

    — du banquet, gris et bleu.

    — militaire, vert et violet.

    — de santé, bleu et rose.

Afin d'établir une hiérarchie d'ordre, les Présidents et Commissaires-Généraux des services actifs porteront trois glands d'or à la décoration, les Inspecteurs un seul.

Les Commissaires appartenant à plusieurs Commissions porteront celle de la Commission où ils ont l'emploi le plus élevé : Inspecteur, Commissaire-Général ou Président.

Les agents de l'autorité ne doivent obéir qu'aux porteurs de rosettes jaunes avec un ou plusieurs glands d'or.

Les Commissaires de tous les Comités, ainsi que les membres des Sociétés musicales, ne recevront des ordres que du Comité d'organisation, rosette rouge avec trois glands d'or.

P. S. Les Sociétés de divisions inférieures doivent commencer les Concours avant celles des groupes, sections ou divisions qui leur sont supérieurs.

CONCOURS MUSICAL DE LYON

Du 22 Mai 1864.

Société

Restaurant

Jour de l'arrivée

Heure d'arrivée

Nombre de repas..... ——

Nombre de couverts... ——

Nombre de lits....... ——

Commissaire délégué: M   *Rue*

N° d'ordre dans le cortége :

ORGANISATION DES DIVERS COMITÉS

Comité des finances.

MM. Lachaize, conseiller à la Cour, Président ; Dardel, conseiller général ; Bied-Charreton, conseiller d'arrondissement ; Bruno, conseiller municipal ; Droche, conseiller municipal.

Comité central organisateur.

MM. Joseph Luigini, 1er chef d'orchestre au Grand-Théâtre, directeur de la Fanfare lyonnaise, Président d'honneur ; Emile Guimet, Président ; Jansenne, Jandard, Vices-Présidents ; E. Bied, Trésorier ; Silvan, Muris, Secrétaires généraux.
Secrétaires attachés aux divers comités et aux secrétaires généraux : MM. Ampaire, Beau, Chaud, Durand, Franchet, Gourju, Jars, Ménard, Méritt, Paulo, Ravier, Vacquier, Vikerk, Vincent.

Comité de musique.

SECTION CHORALE.

MM. Jansenne, Président ; Ten-Brink, Laussel, Chignard, Moley, Georges.

SECTION INSTRUMENTALE.

MM. Jph Luigini, Président ; Jandard, Pontet, Monnet, Paulo.

Comité de séjour.

M. Bied-Charreton, chevalier de la Légion d'honneur, Président ; Secrétaire, M. Chaud.

COMMISSAIRES GÉNÉRAUX.

1ᵉʳ arrondissem. M. Grimaud, — 2ᵐᵉ Bied-Charreton, — 3ᵐᵉ Bine, — 4ᵐᵉ Ganguet, — 5ᵐᵉ Georges.

COMMISSAIRES INSPECTEURS.

1ᵉ arrond. MM Gayet, Durand, Germain, Beaux, Guillot. — 2ᵐᵉ arr. Bertrand, Vraie, Velat, Dupuy, Drogue. — 3ᵐᵉ Bechet, Gonindard, Binat, Galy, Michaud. — 3ᵐᵉ Rivet, Hugonin, Vial, Schmitt, Dumenge. — 5ᵐᵉ Chaud, Hugues, Pont-de-Vaux, Silvestre, Vernet.

215 commissaires ordinaires attachés à chaque Société prenant part au concours.

Comité des constructions ou décors.

MM. Desjardins, Président ; Secrétaire, Franchet, Gayet, Salman, Chatron, Crepet, Drogue.

Comité de voyage.

CHEMINS DE FER ET BATEAUX A VAPEUR

MM. Gayet, Président ; Jars, Secrétaire ; Gautio, Laforge, Vraie, Laroque, Ardaillon fils, Ménars, Canat de Chizy.

Comité de réception.

MM. de Prandière, Président ; Coleille, Secrétaire ;

MM. de Plasman, de Gilardin fils, de la Saussaye, Lombard de Buffière, A. Giraudon, Bahor,
Hignard, Yemeniz, Laforge, Gayet, Luigini,
Jansenne, Pontet, Jandard, L. Marnet, Lenor-
mand, Sixte Delorme, Jantet, Jance.

Comité des contrôles.

MM. Salman, Président; Vincent, Secrétaire.

INSPECTEURS.

MM. Ravier, André, Chevalier, Buridon, Pinet,
Martin, Dulat, Guinebeau, Serry, Bourbon,
Vaganay, Curial, Billiet, Pompogne, Jars,
Pitra, Veine, Rivierne, Menant, Pascal, Ba-
nis.
Plus 69 commissaires ordinaires.

Comité de Banquet.

MM. Droche, Président; M. Gayet, Secrétaire; MM.
de Plasman, de Gilardin, Guilland, Laforge,
Pontet.

Comité de cortége.

MM. Crepet, Président; Secrétaire, Lesage; Armet,
Ganal, Moulin, Rivollet, Sénès.
Les Comités de santé et militaires n'ont pas été
formés.

JURYS.

ORPHÉONS.

Foyer du Grand-Théâtre.

Concours à vue.

1re ET 2me DIVISIONS.

MM. Wekerlin, Président ; Pontet, Hustache, Ward, Maniquet.

DIVISION D'EXCELLENCE.

Palais du Commerce.

MM. Clapisson, membre de l'Institut, Président ; Victor Massé, Dupré, Delsarte, Laurent de Rillé, Elwart, Gastinel, Van den Heuvel.

SALLE DU GRAND-THÉÂTRE.

MM. Dupré, Président ; Bazin, Nibelle, Zeiger, Melchissédec.

SALLE DES CÉLESTINS.

MM. Boïeldieu, Président ; Saint-Saëns, Vidor, Ribes, Morel.

SALLE DU CASINO.

MM. Delsarte, Président ; Dautresme, P.-Pascal, Guillot, Maniquet.

PALAIS DE JUSTICE.

MM. Elwart, Président ; Hustache, Simiot, Ruest, Ward.

FOLIES-LYONNAISES.

MM. Laurent de Rillé, Président ; Saintis, Monestier, Guichard, Oran.

INSTRUCTION PRIMAIRE (Croix-Rousse).

MM. Léo de Libes, Président ; Nadaud, Ruffier, de Croze, F. Alday.

HARMONIES ET FANFARES.

GRANDE COUR DU COLLÉGE.

Concours à vue.

MM. Klosé, Président ; Jaucourt, Molé, A. Riedel, Triebert, A. Varlet.

GRANDE COUR DU COLLÉGE.

Division d'excellence.

MM. George Hainl, président ; Klosé, Varlet, Triebert, Debillemont.

COUR DE LA GENDARMERIE.

M. Mohr, Président : MM. Riedelle, Mercier, Molé, Cherblanc (aîné.)

PLACE GROLIER.

M. Sellenick, Président : MM. Demeure, Bousquet, Resch, Reuchsel père.

MANUFACTURE DES TABACS.

M. Paulus, Président; MM. E. Wolff, Feugier, Cherblanc jeune, Wilmann.

COUR DE L'OCTROI.

M. Léon Chic, Président; MM Jaucourt, Henricet, Ten-Have, Baumann.

COUR DU COLLÉGE (entrée par la voûte.)

M. A. Mocker, Président: MM. Vekerling, Brun, David, Thiébaut.

CHAMBRE DES NOTAIRES.

M. Illig, Président: MM. Mathieu, Mœlet, Alrit, Marius.

FANFARES.

COUR DE LA MARTINIÈRE.

Concours à vue.

M. Arban, Président; MM. Bayer, Dassonville, Thibaut, Ch. Dupart, Guerra.

COUR DE LA MARTINIÈRE.

M. Thibaud, Président; MM. Dassonville, Blanc, Bayer, Aimé Gros.

ÉCOLE VÉTÉRINAIRE.

M. Dufrêne, Président: MM. Salmer, Guerra, Dutertre, Marc Burty.

COUR PICTET.

M. Gaudin, Président : MM. Krempell aîné, Chaulet, Siboulotte.

CLOS JANDARD.

M. Dupart, Président; MM. Fouet. Fort, Bader, Appian.

ANCIEN SÉMINAIRE.

M. Sarnette, Président; MM. Nicolaï Swetchine, Champier, Gandon, J. Robert.

BRASSERIE SCHRIMPFF.

M. Arban, Président; MM. Couard, Ruest, Ernest. Pépé.

COUR DU COLLÉGE (rue Bât-d'Argent.)

M. Goeck, Président; MM. Renaud de Vilbac, Penavaire, Dazzi.

GYMNASE MILITAIRE.

M. Dumas, Président; MM. Guichard, Reuchsel, Muller, F. Alday.

DAMES PATRONESSES

Présidente : Madame de Gilardin.

Mesdames

Arlès-Dufour.
Aillaud.
Baboin.
Bourgeois.
Bonnardel.
Chabrières.
Chaume.
Côte.
de Cerjat.
Delphin.
Ducreux.
Ducruet.
L. Dupasquier.
E. Durand.
Ferrand.
Feuilland.
Flachet.
J. Gayet.
Germain.
Gonin-Tardy.
Guimet.
Lacombe.

Laforge.
H. Lemine.
Mazuyer.
De Metz.
De Montessuy.
Morand de Jouffroy.
Onofrio.
Parret.
Pignatel.
Piperon.
De Plasman.
R. de Prandière.
A. de Prandière.
M. Roë.
De Ruoltz.
E. Tierry.
Vachon.
Valois.
Vautier.
A. Vidal.
Vitta.
Yemeniz.

COMMISSION DE PATRONAGE

(Voir les pages 93, 94 et 95.)

MÉDAILLES D'OR

OFFERTES POUR LE CONCOURS

PAR

S. M. l'Empereur Napoléon III.
Monsieur le Sénateur Vaïsse.
» le Sénateur Reveil.
Les Dames patronesses.
Les Dames du Cercle choral Lyonnais
Le Conseil municipal.
La Compagnie des agents de change.
La Compagnie de la rue Impériale.
La Chambre des notaires.
La Société d'architecture.
La Compagnie du Gaz.
La Direction des thâtres.
La Société Linnéenne.
Le Cercle du Commerce.
Le Cercle du Nord.
Le Cercle de la Fanfare lyonnaise.
Le Cercle de la Cœcilia.
Le Cercle choral Lyonnais.
L'Union chorale.
L'Harmonie Gauloise.
L'Harmonie Lyonnaise.
L'Harmonie des Pompiers.
l'Orphéon de Neuville.

MÉDAILLES DE VERMEIL

OFFERTES PAR

La Société des Amis-des-Arts.
L'Académie de Lyon.
Les Loges Maçonniques Lyonnaises.
L'Association ouvrière des Tisseurs.
L'Association ouvrière des Teinturiers.
La Société d'Education.
Le Comice agricole de Lyon.
Le Comice agricole de Vaugneray.
La Société d'Horticulture.
Les Archers du Buisson.
La Société de Gymnastique.
La Société chorale Lyonnaise.
L'Orphéon Lyonnais.
L'Union Lyrique.
Le Cercle choral du 2me arrondissement.
Le Cercle du café de l'Europe.
La Société des pharmaciens.
La Société des Régates.
Le Cercle choral de Vaise.

LISTES DE SOUSCRIPTION

MM. le sénateur Vaïsse.	100
Arlès-Dufour.....	100
L. Descours.....	100
Vidal, prés. du tribunal de comm.	100

E. GUIMET, centenier.

Guimet........	20
Mme Guimet........	20
M. le baron Durand..	20
Mme la baronne Durand	20
MM. E. Guimet	20

J. LUIGINI, centenier.

X...............	20
X...............	20
X...............	20
X...............	20
X...............	20

SILVAN, centenier.

Cirlo..........	20
Passaut	28
Coulet........	20
A. Chomer......	20
Niogret	20
Combe........	20
Vingtrinier......	20
Davallon	20
Cotrat........	20
Gourju........	20
Chartron	20
De la Chenal....	20
Chantelus......	30
Nestrier	20
Pommiès	20
Favre.........	20
Barquis	20
Tavernier......	20

MM. Vignat Laborde..	40
Ravier.........	20
Silvan	20
Marius Côte.....	20
Cherblanc	20
Bruyne........	20

CLOT, centenier.

Molly..........	20
Martel	20
De Bar........	20
De la Fay.......	20
Vignon.........	20
Piton	20
Roquette.......	20
Clot..........	20
Richarme.......	20
Jandin	20
De la Perrière....	20
Kroun.........	20
Allouvielle......	20
Giraudon	20
Grillet.........	20
G. Arlès........	20
Al. Arlés........	20
Chabrière.......	20
Herbert	20
X.............	20
Reuchmann.....	20
Didier.........	20
Pascalon	20
Despinay.......	20
Cinquin........	20
Mme Valantin......	20
Charcot........	20
Laforge	20
Chanoine.......	20
Bolore	20
Charvet........	20

MM. Bitton	20
Humblot	20
Duvillon	20
Mlle Rozet	20
Didier	20
Félix	20
Brugnière	20
Favre	20
Maruet	20

REY, centenier.

Couturier	20
Meynier	20
Arloque	20
Repelin	40
Berardin	20
Bertrand	20
Audifret	20
Mme Pailleur	20
MM. Belmont	20
Schlenker	20
Bial	20
Sandier	20
Saunier	20
Gouin	20
Laure	40
Renaudin	20
Boissonnet	20
Lebrun	20
Ravel	20
Bingard	20
Bissat	20
Peju	20
Rouveure	20
Rey	20
Chalandon	20
Millioz	20
Favel	20
Roquet	40
Forest	20
Bouchard	20
Mme Perret	20
MM. De la Rochette	20
Gros	20
Bigot	20
Girint	20
Desgrand	20

MM. De Riaz	20
Schultz	20
Laroche	20
Bonnet	20
Marc Burty	20
Gantillon	20
Vindry	20
Wagner	20
Coulet	20

DE PRANDIÈRE, centenier.

Mathevon	20
Duguest	20
Montagnon	20
Dupasquier	20
X	20
De Prandière	20
Subst. du proc. général	20
Vernet	20
Favre	20
X	20
Valois	40
Languinier	20
Massu	20
Jusserand	20
Mme Lacombe	30
MM. Giraud	20
De Gérando	20
Lemire	20
De St Trivier	20
Bourgeois	20
Lolière	20
Chardin	20
XX	40

VRAY, centenier.

Schmith	20
Vray	20
Vibert	20
George Hoffer	100
XX	40

BOURGUIGNON, centenier.

Bachelard	20
Poulet	40

MM. Plaisant 20
Fontannet 20
Beauchamp 20
Faure 20
Mme Garet 20
MM. Chavart 20
Roque 20
XXXXX 100
Morel 20
Contant 20
Mme Lestra 20
MM. Devandre 20
Renoir 20
Luc 20

BIED, centenier.

Fanche 20
Burnicat 20
Faure Delphin ... 40
Grobon 20
Flory 20
Bonnardel 20
Dardel 20
Bernaud 20
X 20
Germain 40
Burnica 20
Carnet 20
Messin 20
Carraud 60
Monet 20
Morel 30
Duc 60
Thomé 20
X 20
Dorel 20
Couturier 20
Gerest 20
Messan 20
Thievon 20

VICKERT, centenier.

Manissier 20
Céonne Baral et Cie 20
Anrès 20
X 40
Coester 20

MM. Nuscheler 20
Anrès 20
Savoye 20
Clarion 20
Jorn 20
Guggenbuhler ... 20
Nuscheler 20
Savoy 20
Riboud 20

BINE, centenier.

Marduel 20
Pyrol 20
Favrot 40
Chaninel 20
Roche 20
Favrot 20
Neyret 20
Bine 20
Jansenne 20
Lyon 20
Monet 20
Péallat 20
Cochau 20
Clayette 20
Pichon 20
J. Bine 80

MURIS, centenier.

Couturier 20
Muris 40
Clerc 20
Revoil 20
Mantou 20
Durie 20
Humel 20
Gaisman 20
Revoi 20
Blanchon 20

JANSENNE, centenier.

Curty 20
XXX 100

POURNY, centenier.

Orsel 20
Fichet 20

MM. Merillon et Cie... 20
Beaudron et Riche-
bourg....... 20
X............ 20

Mme MONTGOLFIER, centenier.

Mmes Albert Gros..... 40
Mongolfier...... 20
M. Onofrio........ 20

Mme SIBOULOTTE, centenier.

Théodore Nadaud 20
Dupont......... 20
Mme Tresca......... 20
MM. Durand........ 20
Loison.......... 20
D'Arnus........ 40
Dupuit......... 40
Guy........... 20

MARC BURTY, centenier.

Laforge....... 20
Denis.......... 20
Mme de Péronny..... 40
Becknstener..... 20
Gonin.......... 20
Fège........... 20
Piatton........ 20
Teillard Bussy... 20
Gachet......... 20

MANIQUET, centenier.

Piatton........ 20
Marix......... 20
Pupier........ 20
Maniquet....... 20
Chatagnon....... 20
Gilbert Gillié.... 20
Chanie........ 20
Vial.......... 20
Berraud....... 20
Cl. Marie....... 20
Déchandon et Cha-
poton....... 40
Ve Lémann...... 20

MM. COLLEUIL, centenier.

Berlié........ 20
Rozay........ 20
Colleil......... 100

DROGUE, centenier.

Clot.......... 20
Couturier...... 20
Amié.......... 20

GALLY, centenier.

Roux.......... 20
Bonnardel...... 20
Gontine........ 20

BISSAT, centenier.

Schewart...... 20
Chateland..... 20
Sanimorte..... 20
Regnier....... 20

GUGGENBUHR, centenier.

Javot......... 20
Tournier...... 20
Biolay........ 20
Bielmann...... 20
Lefebvre....... 20

MEYER, centenier.

Joubert........ 20
A. Meyer....... 20

WARTE, centenier.

Raynaud....... 20
Stress........ 20
Hartwing...... 20

FREY, centenier.

Vernellorin..... 20

REDESPELGER, centenier.

Lombard...... 20
Seybel........ 20
Gugenbuller..... 20

WOHLWEILL, centenier.

Ruby.......... 20

MM. Maffei et Bouvier. 20
Thevenin Dure-
seya......... 20
Wohlweill...... 20

MUSCHELLER, centenier.

Bardou et Ritton. 20
Chavanne....... 20
Morrisson et Cie .. 20
Escher......... 20

NUZBEL, centenier.

Heckel......... 20
Mayor Hennequin
et Cie......... 20
Chanet......... 20

PROMIO, centenier.

Servan......... 20
Dupont......... 20
Chanal......... 20

A. HUGUES. centenier,

Klein.......... 20
Michel......... 20
Giraud......... 20
Boboil......... 20

BUITTOZ et BESSON, cent.

De Montel...... 20
Chapelon....... 20
Guérin......... 20
Girard......... 20
Chomat........ 20

FOUXEL, centenier.

Girard......... 20
Félissant...... 20
Mathieu........ 20

L. PROMIO, centenier.

Four.......... 20
Denizière....... 20
Baboin......... 20
Berger......... 20
Buffard........ 20

A. PERRAUD, centenier.

Sandrier........ 40

MM. Perraud........ 20
Bony 20
Touchet........ 20
Perraud........ 20
Mme Perraud........ 20
MM. Donat......... 20
Guinand........ 20

GUIRAUD, centenier.

Lamy et Coquard. 20
Gelet.......... 20
Lacroix et Gui-
raud......... 20
Danier 20

LEFEBVRE. centenier.

Vidal 20
Fleurdelis 20
Lefebvre 40
Le baron de Cools. 20
Vitrier 20

MICHAUD, centenier.

Morel 20
Chaudler 20
Molard........ 20
Cusset......... 20

LASNE, centenier.

Badier 20
Bouland........ 20
De Brann...... 20
Falque........ 20
Pradelle....... 20

BESSON, centenier.

Gérard........ 20
Girodon........ 20
Besson 20
Lamothe....... 20
Blanc......... 20

VIGNON, centenier.

Vignon........ 20
A. Beau........ 60
Portalès....... 20

SAUVANET, centenier,

Pringuet 20

MM. Sauterot........ 20
    Chavent........ 40
    Bret.......... 20

LOZERON fils, centenier.

    Manissier...... 20
    Soutaste........ 20
    Prena......... 20
    Lataste........ 20
    Lejeune 20

MONESTIER, centenier.

    De St-Olive 20
    Dolfus......... 20
    Oriol.......... 20
    Mathevon...... 20

RICHARD-VITTON, centenier.

    Giniez......... 20
    Richard-Vitton.. 40
Mme Richard-Vitton.. 40

MM. HUGUES, centenier.

    Hugues........ 20
    Henri......... 20
    Durand........ 20

BISSAT, centenier.

    Bissat......... 20
    Lozeron....... 20
    Forrer........ 20
    De Lavilleoie.... 20

GLENARD, centenier.

    Boudhenne 20
    Glenard 20

AL. GUICHARD, centenier.

    Ducy.......... 20
    Ailloud........ 20
    Valioud 20
    Devillaine...... 20
    Brunet Lecomte.. 20

J. VILLARD, centenier.

    Biolay........ 20
    Villard........ 40

MM. COUMER, centenier.

    Gillot 20
    Coumer........ 60
    Comte......... 20

A. de BOISSIEU, centenier.

    Quinsonaz 20
    Cercle de la Man-
       sarde........ 40
    Jourdan........ 20
    Dumond........ 20
    Tessier........ 20
    De St-Didier..... 20
    De Boissieu..... 20
    Joannire........ 20
    Rey........... 20

CÔTE, centenier.

    Germain........ 20
    Côte 20
    A. Franc........ 20

Hilaire PAGNOUX, centenier.

    Martoully....... 120
    Tapissier 40
    Breban Salomon. 20
    Conty.......... 20

BLOCH, centenier.

    Pierron........ 20
    Duittoz et Besson. 20
    Huguet........ 20
    Bloch......... 40

CERCLE DU COMMERCE,

    Petit.......... 20
    Champier...... 20

MAIRIE DU 4e ARROND.

    Cabias......... 20
    Duviard 20
    Empereur 20

C. MONNET, centenier.

    Rigollet 20
    Dreyfus 20
    Gerin 20
    Berthet........ 20

MM. Vaganay, centenier.

Bouchet	100
Laforge	20
André	20
Mmes Latour et Bry	20
MM. Revel	20

Durand, centenier.

X	100
X	100
Durand	20
De Quincieux	40

Huebert, centenier.

Gaillard	20
Huebert	80

Roux, centenier.

Duplan	20
Roux	20
Aubin	40

Café du Panthéon.

Roche	20
Arnaud	20
Jourdan	20

Ollier, Café des Terraux.

Favel	60
Artaud Ghigliori	20
Pryre	20

Café Forni.

Vagner	20
Epitalon	20
Ch. Landiverlui	20
Benoit	20

Café du Phénix.

Boule	20
Brante	20
Stelbriesk	20
Berault	20
Macorse	20

Café Neuf.

Cartier	20
Genevas	20
Mangini	20

MM. Mulatier	20
X	100

Cercle du Nord.

Manisset	20
L. Bied	20

Béchet, centenier.

Beju	20
Lucas	20

Baritel, centenier.

Prunier	20
Favier fils	20
Macors	20
Baritel	20

Franchet, centenier.

Lambert	20
Richard	20
Radisson	20
Parrot	20
Foray	20

Sabran, centenier.

Martin	20
Sabran	20
Roc	20
Durand	20
Guérin	20

Hignard, centenier.

Vignon	40
Lamy	40
Hignard	20

Mayer, centenier.

XX	40

Mollard, centenier.

Trollet	20
Mollard	20

Girin, centenier.

De Vidot et de St-Bon	20
Pignet	20

Ch. Diety, centenier.

Arnaud	20

MM. Denis 20
Froparli 20

C. SCHULZ, centenier.

Audras 20
Léons 20
Schulz 20
Espiard 20

EYNARD, centenier.

Fournier 20
Bied 20

PEYROT, frères, centeniers.

Chapolon 20
Couton 20
Peyrot frères 20
Fouquet 20

BISSAT, centenier

De Berchoux 20
Dumillier 20
Gugoltz 20
Lyon 20
Lambert 20

J. ROBERT, centenier.

Yemeniz 20
Dugas 20
Thiollier 20
Reyrant 20
Picard 20

GANGUET, centenier.

Duchamp 40
Dumainge 20
Genest 20

BURGOT, centenier.

Macé et Cie 40
Morettaud 20
Rodolphe 20

RAVIER, centenier.

Chataignier 20
Rescheffer 20
Maestrani 20
Weiss 20
Burdet 10

MM. Munich 20
Lémann 20
Gerest 20

ROUVÈRE, centenier.

Garcin 20
Mazuyer 20
Jacquemont 20
Rodier 20

BIED-CHARRETON, centenier.

Tournier 20
Papillon 20
Petit 20

COUTURIER, centenier.

Grobon 20
Perret 20
Mas, fils 20

MUSCULUS, centenier.

Musculus 40
Clot 20

GRIMAUD, centenier.

Grimaud 20
Billaud 20
Bornet 20
Imbert 20
Pourrat 20

GAYET, centenier.

Chaninel 40
Mmes Chatard sœurs . . . 20
Gayet 20
Bertrand 20

DUCY, centenier.

Achille 20
Israel 20
Montloups 20
Martel 20
Bonnet 20

DUPUIS, centenier.

Rivière 40
Garcin 20
D'Erber 20
Cherchin 20

MM. Goybet, centenier.

Dejuzeux....... 20
Kitz 20

Courrier de Lyon.

De la Bastie..... 20
Millon.......... 20
Chantilleu 20

Salut public.

Maximilien Grassis 20
Jourdain........ 20

Brasserie de Mulhouse.

Durand......... 20
Bolo 20
XX............ 40

Café des Deux Mondes.

Duittos et Besson. 20
Cerisol 20
Labully........ 20
Soler.......... 20
Mazeneu........ 20

Harmonie Gauloise.

XXXX.......... 80
Fond.......... 20
Renard........ 20
Blanqui........ 20
Pascal......... 20
Faugier........ 20

Alliance Chorale.

Anselme Clavi ... 20

Cœcilia.

De Fischa....... 20
Weinnsann...... 20

Paliard, centenier.

Mainviclle 20
Dussourd 20
Chollir 20
Paliard........ 20

De Soulary, centenier.

Devaux......... 20
Clément........ 20
XXX 60

A. Beau, centenier.

Durand......... 20

MM. Teillard........ 20
A. Beau 40

Cercle choral de St-Nizier.

Grange 80

Méra, centenier.

Henri Rolland ... 20
Henri Martin.... 20
Bonnet........ 20
Michel Parrot.... 20
Berger......... 20
Laselve........ 20
Blanc 20
Pinet.......... 20
Prost.......... 20

Chantre, centenier.

Jamot......... 20
Ridi........... 20
Chantre 20
Parot et Boudet.. 20

Raffert, centenier.

Bourbon....... 20
Brun.......... 20
Bertrand....... 20

Gagnière, centenier.

Béranger 20
Lyonnet J....... 20
Lyonnet A 1..... 20
Poncet 20
Tabaud........ 20

Café Maderni.

Pichoz 20
Coindre 20
Bunaud........ 20
Boin 20
Debrosse....... 20
Garnier 20
Chevillard 20
Totu 20
Brocaud....... 20
Baron de Metz... 20
Piatton........ 20
Girodon 20
Vachez 20

MM. Boirivant 20
Lambert 20
Blein de St-Armand 20
Delafosse 20
Gai 20
Lambert .... (20)
Pignet 40
Blanc 20
Guichon 20
Croizat 20
Trévoux 20
Gagneur, Bachelard et Combet. 20
Brisson 80

BENSE, centenier.

Cavaroc 20
Sanlaville 20
Chollet 20
Oriez 20

DURAND, centenier.

Longère 20
Durand 20
Amour 20

BADER, centenier.

Luc 20
Fabre 20
Chatanay 20
Lafon 20

Ex. GIRIEZ, centenier.

Mme Vachon Laville ... 20
MM. Pradelle 20
E. Giriez 20
Rieussec 20
David 20

RIBOLET, centenier.

Tricau 20
Clot 20
Tardy 20
Ribolet 20

JARSE, centenier.

Jasse 20
Boutheore ..,.... 20
XXXXX 100

MM. CHAMBARD, centenier.

XXXXX 100

FLOTTART, centenier.

Desjardins 20
De Cazeneuve ... 20
De Magneval 20
Gayet 20

RIVOIRE, centenier.

Sigolet 20
Rivoire 20
Déroznat 20
Lorose 20
Guillon 20

A. GEORGE, centenier.

Prost 20
Remond 20
Mercadier 20
Faure 20

DRUTEL, centenier.

Sciaux 20
E. Macors 20
Saby 20
De le Chaumette.. 20
X 20
Guichard 20
Valion 20

DUPUY, centenier.

Malhon 20
Durand 20
Charbin 20

GAGNIÈRE, centenier.

Gagnière 20
Chavet 20
Tarpin 20
Chabert 20
Miette 20
Mmes Gagnière 20
Valantin 20
Delys 20
Dolbeau 20
Piot 20

DURAND, centenier.

Pichat 20

MM. Demare	20		**MM.** Danier	20
Chanay	20		Vᵉ Morel	20
Mairie du 1ᵉʳ arrond.			Laprevote	20
Mᵐᵉ Croset de Lafay	20		Morel	20
Perraud, centenier.			Rogeat	20
Fichet	20		De Pontanier	20
Martourel	20		Muffet	20
Bonnes	20		Dailly	20
Roux	20		Dorel	20
Frevet	20		Denaux	20
Durand, centenier.			Berthet	20
Clermont	20		Billoud	20
Peillod	20		Macors	20
Charbonnel	20		Rochet	20
Bolo	20		Dime	20
Perrin	20		Cambon	20
Brisson, centenier.			Vachon	20
XXXXXXXX	200		Charmetton	20
Bonjour, centenier.			Branciar	20
XXXXX	100		Landau	20
Vifert, centenier.			Denoyer	20
XXXX	100		Panserat	20
Blache, centenier.			Legros	20
XXXXX	100		Bruyas	20
Perroud, centenier.			Trouvé	20
XXXXX	140		Franc	20
Saulnier, centenier.			Simon	20
XXX	100		Tabard	20
Pris au bureau.			Boffart	20
Général Espivent			Daniel	20
de la Villesbois-			Charvin	20
net	20		Bourgeois	20
Æschimann	20		Charton	20
Poncet. Lenoir et			Jindel	20
Cⁱᵉ	20		Vignet	60
Flotard	20		Galland	20
Burnica	20		Labaume	20
Mallet Guy	20		Brunaud	20
J. Luc	20		Gav	20
Huguet	20		Galland	20
Brocard	20		Allambu	20
Laforest	20		Gillardin	20
Forest	20		Laplace	20
			Terrasse	20
			Léger	20

RECETTES

Souscription par listes de centeniers............ 21,000 » »

Billets de circulation........................ 1,561 » »

Recettes des lieux de concours 6,665.65

Allocation de la Chambre de Commerce......... 1,500 » »

Médailles offertes et patronage................. 2,259 » »

Festival au Parc .... 10,628 » »

Banquets divers soldés...................... 710 » »

Allocation de la Ville....................... 15,000 » »

59,323.65

DÉPENSES

Copie et impression des morceaux de musique 1,810.45

Affiches, circulaires, programmes, compte-rendu et
autres imprimés . . . . 5.269 »

Droits d'auteurs, droits des pauvres, indemnités di-
verses . . . . 1.270 »

Estrades de Bellecour, emménagement des locaux de
concours, menuiserie, charpente, tapisserie 19,953.90

Frais du Festival au parc de la Tête-d'Or 1,381.60

Médailles en or, vermeil, argent, bronze, écrins et
bellières . . . . 7,800 »

Écharpes offertes par la Chambre de Commerce . . . . 1,500 »

Insignes pour les divers comités . . . . 722 »

Frais de poste et fournitures de bureau . . . . 943 »

Voyage et séjour de MM. les membres du Jury 8.987.70

Voyage et séjour de la musique prussienne . . . . 2.800 »

Voitures pour le Jury et les divers services . . . . 523 »

Banquet et location de la salle de l'Alcazar . . . . 6.360 »

59,323.65

Recettes comparatives de l'Octroi de Lyon

Entre les années 1863 et 1864

MOIS.	1863.	1864.	DIFFÉRENCES.
Avril	602.989,97	663.047,02	60.057,05
Mai........	531,787 »»	621.662.01	89.875,01
Juin........	554.533,57	578.608,01	24.074,44
Totaux ...	1.639.310,54	4.863.317,04	174.003,50

En attribuant le 1/3 de l'excédant au concours, on trouve 58.0002 fr. 17 c.

MÉLANGES

Nous pensons qu'il sera agréable à nos lecteurs de trouver ici une pièce de vers qu'un de nos poètes lyonnais, M. Félicien Raymond, adressait à un ami au lendemain de la fête, et qu'on a bien voulu nous communiquer.

LA FÊTE DES ORPHÉONS

A LYON

Tu demandes, ami, qu'à Paris je raconte
Les fêtes de Lyon ; que je te rende compte,
En écrivant pour toi, dans mes premiers loisirs,
De notre grand concours, des cris et des plaisirs,
De la joie et des jeux d'une contrée unie
Pour savourer ici des torrents d'harmonie,
Ecouter des concerts, des fanfares, des chœurs,
Voir jouter des milliers d'harmonieux lutteurs.

Nos populations, si souvent condamnées
Par les troubles civils à d'affreuses *journées*,
Ont vu trois jours entiers de joie et d'union.
Un souvenir meilleur illustrera Lyon.
Faut-il de ces trois jours te redire l'histoire,
Me faire l'écrivain de toute cette gloire,
Et fredonner encor, sur mon maigre pipeau,
Tout ce qu'un peuple entier vient d'entendre de beau ?
Tu le veux ? Eh ! bien, soit ! Que ma muse entre en lice,
Puisqu'elle concourt seule, et le juge est propice ;
Je recueille mon souffle, accorde mes pipeaux,
Et vais te dire vrai, peut-être en jouant faux.

Ces trois jours d'union, de jeux, de gaîté franche,
Devaient s'ouvrir pour nous la veille du dimanche.
Et les chœurs saluer d'un bonsoir amical
Les membres arrivés du jury musical ;
Mais, comme il n'est jamais pure joie en la vie,
Le ciel les accueillit par des torrents de pluie.
Le peuple maudissait ce cruel contre-temps,
Et, levant ses regards vers les cieux incléments,
Epiait l'éclaircie au milieu de l'orage.
Aussi, dès que s'enfuit le plus épais nuage,
La ville tout entière, avec un plein espoir
S'empressa, pour jouir de la fête du soir.
Les ombres sur la terre à peine étaient venues.
Et la foule emplissait toutes nos avenues.
Mais combien est fragile et trompeur le plaisir,
Que parfois l'on tarit, voulant mieux le saisir !
N'as-tu pas vu la mère emportant dans sa couche
Le fils dont elle tient le doux front sous sa bouche.
Se livrer au sommeil auprès de son enfant,
Pour ne le point quitter, dormir en l'étouffant.
C'est ce que fit chez nous le peuple malhabile.
Déjà les orphéons remplissaient notre ville ;
Nul n'était bien certain qu'ils fussent arrivés,
Au rendez-vous déjà tous ils s'étaient trouvés.

Comme les Grecs sortant du faux cheval de Troie.
Ces hôtes bienvenus que l'harmonie envoie
Etaient chez nous cachés et tous à Bellecour
Se forment en cortége avant la fin du jour.
Les torches dans leurs mains pétillent et s'allument,
En rougeâtres clartés sous le ciel serein fument.
Et cent chœurs, choisissant leurs plus brillants morceaux,
Partent pour commencer la Retraite aux flambeaux.
Mais, dès les premiers pas, la tête du cortége
Se heurte avec effort au peuple qui l'assiége.
Recule, avance encore, hésite de nouveau.
Pour parler à la foule interrompt son morceau.
Puis s'arrête en chemin, stupéfaite, immobile,
Telle qu'une colonne à l'assaut d'une ville,
Devant des trous affreux par les mines ouverts,
Devant toute une armée envoyée au travers.
Hésite, lutte à peine et, lasse enfin, recule.
Ami, figure-toi, spectacle ridicule,
Un vaisseau pavoisé, qui, suspendu dans l'air,
Glisse en brûlant la cale et va prendre la mer,
Majestueusement pénètre au sein de l'onde,
Mais l'onde n'étant pas alors assez profonde,
Avec un grand fracas s'arrête sur un banc,
Fait gauchement naufrage, ainsi de but en blanc.
Dans sa déconvenue, une simple chaloupe,
Qu'un lien du vaisseau suspendait à sa poupe.
Portée au gré du flux qui déjà la rejoint,
Se riant de l'écueil qu'elle ne touche point.
Et laissant le navire à sec comme un prodigue,
Seule fait bande à part et bravement navigue.
Une fanfare ainsi, seule en ce désarroi,
Sans combat inutile et sans prendre d'émoi,
Comme une garnison qui fuit levant la herse,
Choisit à petit bruit un chemin de traverse,
Et, tout en s'épargnant un immense trajet.
Va reprendre plus loin le parcours en projet,
Que n'avait pas encore intercepté la foule.
Par cette ruse, et grâce à la torche qui coule

Et que sur le public agitent ses hérauts,
Cette fanfare fît la Retraite aux flambeaux,
Au milieu de grands cris : — On pousse... on m'assassine !
. Vous me tachez ! — Tant pis ! Prenez de la benzine.
Cependant que le reste, au Caucase pareil,
Sur ses pieds immobile attendait le sommeil.

On résolut d'agir avec plus de méthode,
Pour effacer l'effet du premier épisode,
Qui ne paraissait pas tout à fait réussi.
Le ciel ne s'était pas encor bien éclairci
Lorsque brilla pour nous l'aurore du dimanche ;
Mais, semblable à l'oiseau qui chante sur la branche
Et bénit le soleil par un hymne d'amour,
Le corps des orphéons, dès la pointe du jour,
Dans des lieux différents, à ses chansons propices,
Faisait de toutes parts ses premiers exercices.
Puis le cortége entier se forma de nouveau
Sur notre élégant cours qui règne au bord de l'eau
Et longe les flots bleus du plus grand de nos fleuves.
Tous les corps musicaux, venus pour les épreuves,
Attendaient, réunis, disposés et comptés,
Les organisateurs et les autorités.
Parfois, lorsque le soir descend sur la rivière,
Des bateaux, qui durant une journée entière
Ont vogué côte à côte en formant des convois,
S'arrêtent pour la nuit vers la rive d'un bois,
Et sur l'arbre prochain chacun prend ses amarres.
Les sociétés de même, orphéons et fanfares,
Avaient toutes reçu, vers un arbre du cours,
Un rang que dans la marche elles auraient toujours.
Des écharpes alors furent distribuées
Et deux cents sociétés à leur rang saluées
Par les différents chefs du concours musical,
Qui du grand défilé donnèrent le signal.
Rendue à la raison par un heureux miracle,
La foule regarda cet imposant spectacle,

Sans se jeter encor une fois au travers.
Leurs bannières alors s'agitant dans les airs,
Toutes les sociétés de chant ou de fanfare,
Dans un ordre parfait qu'aucun trait ne dépare.
Jouant de brillants airs alternativement,
D'un pas majestueux s'avançant lentement,
Joyeuses, traversant la ville hospitalière,
Se montrent sur nos quais durant une heure entière.
La mère dans ses bras soulevant ses enfants,
Leur faisait saluer les chanteurs triomphants.
Les chapeaux s'agitaient partout sur leur passage ;
La fillette, arrachant la fleur de son corsage,
L'offrait au jouvenceau qui lui plaisait le plus ;
Et vers les bâtiments mille bouquets perdus,
Qu'on jetait des balcons, des fenêtres, des faîtes,
Tombaient sur le trottoir ou plutôt sur les têtes.
Nos hôtes, cheminant sous la neige des fleurs,
Remerciaient partout de saluts enchanteurs.
Et, pour nous témoigner de leur joie infinie,
Sans cesse répondaient par des flots d'harmonie.
A peine une fanfare avait-elle passé
Et le bruit de son jeu s'était-il dispersé,
Qu'une autre commençait, d'un plus brillant courage,
Quelque motif splendide offert comme un hommage
A la foule amicale accourue au devant.
Puis une autre bannière arrivait sur le vent.
Tantôt riche et semblant due à la main des fées,
Tantôt puisant son prix dans les nombreux trophées,
Des médailles, des croix qui pendaient sur son front.
Plus d'une paraissait bénir les mains qui font
Nos merveilleux tissus de brocard ou de soie :
Et, déployée en l'air, étalait avec joie,
Aux regards éblouis du peuple lyonnais,
Le satin, le velours, l'or pur qui court en traits
Dans l'étoffe et retombe en opulente frange.
Puis, sur ces étendards d'une richesse étrange.
Qui célébraient si haut la gloire de Lyon.
Pour sa propre cité, les soins de l'orphéon

Avaient fait reproduire à la navette habile
Des chiffres, des rébus, les armes de sa ville.
Pauvres, humiliés, auprès de ces draps d'or,
De modestes drapeaux, d'un plus timide essor
Volaient, sans recevoir de la bonté publique
Un accueil qui parût beaucoup moins sympathique.
C'est qu'ils ne précédaient qu'un simple bataillon
De paysans sortis des foins ou du sillon,
Réunis, eux aussi, sous des lois d'harmonie.
Dans ces agrestes clans, comme leur bon génie,
Souvent maître de tous, habile professeur,
Parfois simple trompette ou modeste chanteur,
Le curé du village accompagnait la bande.
Pour lui la sympathie était toujours plus grande.
Le pasteur n'a-t-il point, sans faste et sans éclat,
Partout le bon esprit de son apostolat,
Du précepte sacré qu'ont donné les apôtres,
Qu'il professe : Aimez-vous, enfants, les uns, les autres.
Et l'institution qui nous offre un concert
Sur le seuil de la ferme au village, et qui sert
A répandre en nos champs le goût de la musique,
Qui donne une science utile ou sympathique,
Et qui, réunissant les montagnards en chœurs,
Par des jeux innocents rendant pures leurs mœurs,
Peut vaincre la débauche et le crime peut-être,
Ne rentre-t-elle pas dans le mandat du prêtre ?

Tel fut le défilé. Couvertes de bravos,
Toutes les sociétés ensuite à leurs travaux
Allèrent derechef. Dans l'enceinte marquée,
Sous son propre jury chacune fut parquée,
Mais non sans qu'un public brillant, pressé, ravi,
Dans les lieux de concours les vînt voir à l'envi.

Dès longtemps le soleil avait percé les nues
Et le peuple étranger envahissant nos rues,

Entre mille plaisirs y jouit d'un beau jour.
Vers le soir, tout ce monde assiége Bellecour.
Là de la fête encor l'intérêt se concentre.
De la voix du préfet tout harmoniste ou chantre
S'attend à recevoir un éloge ou des prix.
De leurs brillants efforts à peine ils sont remis.
Mais en un si beau jour on ne sent pas la peine,
Et chaque société, d'un jaloux espoir pleine,
Déjà pour l'avenir escomptant un succès,
S'abandonne à la joie et bâtit des projets.
C'est que les orphéons, les lyres, l'harmonie,
Doivent prendre chez nous une place infinie
Et recruter partout la population ;
Tribut tout bienveillant, douce conscription,
Qui ne fait point pleurer, passe avec un sourire,
Et propose la palme au prix, non du martyre,
Mais bien d'une science et d'un art gracieux
Propres à réunir tous les peuples entre eux.
Un concours musical en fait surgir un autre.
Maintes villes déjà s'embrassent dans la nôtre,
Et pour cette union leurs peuples sont venus.
Déjà Paris, Béziers, Autun, Mâcon, Tournus,
Beaune, Dijon, le Puy, Saint-Etienne, Tarare,
Genève, que de nous la frontière sépare,
Marseille, Carpentras, Montélimart, Tournon,
Dépêchent les premiers leurs chanteurs à Lyon,
Et la nomenclature en peut être augmentée.
Déjà notre campagne est enrégimentée :
Nos villages, les bourgs de l'Ain et du Forez,
Comptent des orphéons plusieurs fois décorés ;
C'est Saint-Genis-Laval, c'est Brignais qui commence,
Ce sont Collonge, Oullins, Saint-Didier, Saint-Cyr, Anse,
Trévoux et Parcieux, Neuville avec Genay,
Couzon près de Fontaine, et Grigny, de Ternay,
Poleymieux, Brindas, Mornant, la Mulatière,
Vourles et Vernaison, de la province entière
Les habiles chanteurs tous enrégimentés,
Et vers la métropole aimables députés.

Apportant parmi nous la joie et l'harmonie.
La députation avait été suivie
Par grand nombre des gens de chacun de ces bourgs,
Désireux d'assister leurs amis au concours.
Notre ville était pleine et sa plus grande place
Pour tous nos invités offrait trop peu d'espace.
La foule s'y pressa comme une large mer
Qui s'agite, se meut, de sa voix remplit l'air,
Les échos des rochers où le flot s'accumule
Et qui s'appaise enfin après le crépuscule.

Ainsi se termina le bruit du second jour.
Mais, le soir qui suivit, désertant Bellecour,
La même foule encor émue, insatiable,
Assiégeait les sentiers de ce parc admirable
Que baigne notre Rhône et que tu connais bien.
La musique attachée au régiment prussien
Qui porte en son état le nombre trente-quatre,
Laissant les officiers et les soldats se battre,
Vers les bouches de l'Elbe égorger les Danois,
Et, sur les bords du Rhin, soumise à d'autres lois,
Aux fêtes de Lyon dès longtemps attendue,
Sur la rive du Rhône alors s'était rendue
Et de ce dernier jour nous faisait les honneurs.
Les orphéons d'hier, devenus spectateurs,
Avaient suivi la foule au parc impatiente.
Les Prussiens tout d'abord trompèrent son attente,
Car elle avait rêvé corps d'armée allemand,
Appareil militaire et tout l'accoutrement
Qu'on voit dans les tableaux des guerres de l'empire,
Où quand on se promène à Mayence ou dans Spire.
Au lieu de la casquette elle avait attendu
Le casque rond en fer par un pic défendu.
La créance des yeux fut payée aux oreilles :
La musique prussienne opéra des merveilles.
Ce concert que jamais nous n'avions entendu
Compensait largement pour le coup-d'œil perdu.

Et l'exécution délicate, inouïe,
Parfaite de finesse, étrange d'harmonie,
Fit bientôt oublier tous les sons du concours
Comme un robuste drap près d'un moelleux velours.
Ami, n'espère pas qu'à ma plume ravie
Ce concert, que jamais dans le cours de ma vie
Je ne crois plus entendre et ne remplacerai,
Puisse assez revenir ou se peindre à mon gré.
La tâche peut passer la force de la plume.
Mais, ainsi qu'un flambeau que l'incendie allume,
Cette réunion, de jeux, de sentiments,
Qui tantôt s'épanchait en accords délirants
Et murmurait tantôt en phrases étouffées,
Telles que dans la nuit des paroles de fées,
En captivant toujours par un attrait vainqueur,
Tout cela m'avait mis la poésie au cœur,
Et j'étais entraîné dans des flots d'harmonie.
Aussi, lorsque bientôt, la fête étant finie,
Le peuple à la cité retraça son chemin.
Moi, seul, je m'arrêtai, la tête dans ma main,
Comme pour soutenir le poids de ma pensée
Qui m'empêchait de suivre une foule insensée.
Sans qu'on entendît plus flûte ni clavicor,
La musique pouvait, devait durer encor
Pour tous ces gens épris d'une brusque retraite.
Je les écoutais fuir d'une oreille distraite,
Tandis qu'assis dans l'herbe ils passaient près de moi.
Mais j'écoutais aussi la nature en émoi,
Endormie et livrée aux mystiques génies,
Qui remplissaient la nuit de douces harmonies ;
Leurs doigts, en parcourant de suaves claviers,
Faisaient d'un frôlement chanter les peupliers
Et soupirer au lac au milieu de ses vagues,
Comme de vrais accords, harmonieux et vagues :
Puis, tout bas je me dis : Ces sons délicieux,
Que murmure la terre et qu'inspirent les cieux,
Pour nous les répéter la nature est unie :
Nous avons tous les jours la fête d'harmonie ;

Heureux si nous pouvions, voyageant, nous, humains,
Dans la même vallée et les mêmes chemins,
Ayant les mêmes biens et les mêmes misères,
Et nous ressemblant tous, comme de nombreux frères,
Pour notre commun père adorant tous un Dieu,
Regardant, pour le voir, ensemble au même lieu,
Proclamer qu'entre nous toute lutte est finie,
Et nous donner pour lois la paix et l'harmonie.

Félicien RAYMOND.

AU 34ᵉ DE LIGNE D'INFANTERIE PRUSSIENNE

Fait à bord du bateau à vapeur les conduisant à Neuville.

Dignes enfants de la noble Allemagne,
Dans un instant vous allez nous quitter,
Et quelque soit le chagrin qui nous gagne,
En y songeant, il le faut accepter.
Sous d'autres cieux, dans une autre patrie,
Vous retournez guidés par le devoir;
Là, vous attend une mère chérie
Impatiente, hélas ! de vous revoir.

Mais en partant donnez-nous l'assurance
Que quelquefois vous penserez à nous,
Et que jamais les enfants de la France
N'auront d'amis plus sincères que vous.

A notre appel, vous avez su répondre
Sans hésiter, car vous saviez déjà
Que le Français aima toujours confondre
Avec les siens l'étranger qu'il logea.
En notre cœur vous aviez confiance,
Amis merci, nous en sommes heureux ;
Pour vous prouver notre reconnaissance,
Nous vous avons fêtés de notre mieux.

Nous vous avons reçus comme des frères,
A notre avis tous les peuples le sont ;
Oublions donc quelles sont nos frontières,
En nous aimant elles disparaîtront.
A votre tour que de votre patrie,
Un étranger parte toujours flatté,
Accueillez-le, c'est moi qui vous en prie,
Rien n'est plus beau que l'hospitalité.

———

LA SOIE

CHŒUR IMPOSÉ AU CONCOURS MUSICAL DE LYON

Paroles et musique de Laurent de Rillé

Le cœur à la joie,
Les bras au métier,
Chantons, amis, chantons la soie,
Souple réseau qui se déploie,
Et fait le tour du monde entier.

Actives comme des abeilles,
Des femmes au pied diligent

10

Ont récolté dans leurs corbeilles
Des œufs d'or et des œufs d'argent.
Les fileuses aux doigts agiles
Dévident ces trésors fragiles
En longs fils, dont la pureté
Fait songer à ces fils candides
Qui flottent dans des cieux splendides
Aux premiers beaux jours de l'été.

Le cœur à la joie,
Les bras au métier,
Chantons, amis, chantons la soie,
Souple réseau qui se déploie,
Et fait le tour du monde entier.

La soie est la robe moirée
Qui pare l'épouse adorée ;
Du souverain, c'est le manteau ;
La soie est la brillante étole
Du prêtre qui prie et console ;
Du régiment c'est le drapeau !
C'est le phare de la bataille,
L'étendard rouge, blanc et bleu
Qui, déchiré par la mitraille,
Entraîne nos soldats au baptême du feu.

La soie enfin, œuvre bénie,
Pour l'humble et patient génie
Qui la fait naître sous sa main,
C'est le travail et le salaire
Qui, dans la famille ouvrière,
Chaque jour apportent le pain.

Le cœur à la joie,
Les bras au métier,
Chantons, amis, chantons la soie,
Souple réseau qui se déploie,
Et fait le tour du monde entier.

PROFESSIONS DES ORPHÉONISTES

QUI ONT ASSISTÉ AU CONCOURS MUSICAL DE LYON

Le 22 Mai 1864

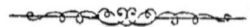

Cultivateurs	833	Chapeliers	95
Employés de commerce	634	Tailleurs d'habits	93
Propriétaires et rentiers	391	Boulangers	90
Tisseurs	283	Serruriers	88
Négociants	256	Armuriers	87
Charpentiers et menuisiers	222	Imprimeurs	86
Mineurs	187	Etudiants	66
Cordonniers (maîtres et ouvriers)	178	Passementiers	64
		Comptables	64
Forgeurs	172	Ouvriers divers	61
Mécaniciens et ajusteurs	124	Militaires	58
Professeurs de musique	131	Cafetiers	56
Tonneliers et benniers	120	Fabricants divers	56
Maçons	110	Employés d'administrations	55
Clercs	108	Ferblantiers	53
Dessinateurs et peintres	104	Coiffeurs	52
Plâtriers	99	Teinturiers	50

Maîtres de forges	7	Futiers et Calfats	4
Scieurs de long	7	Chimistes	3
Tuiliers	7	Cardeurs de soie	3
Voyageurs	6	Buralistes	3
Portefaix	6	Tailleurs de limes	3
Pâtissiers	6	Couvreurs	3
Libraires	6	Organistes	3
Liseurs	6	Contre-maîtres	3
Marteleurs	6	Merciers	3
Marbriers	6	Magasiniers	3
Couteliers	6	Juges de Paix	3
Cylindreurs et Moireurs	6	Artistes	2
Emballeurs	6	Coiffiers	3
Faïenciers	6	Rouenniers	2
Employés à la Poste	5	Maroquiniers	2
Doreurs	5	Fourniers	2
Basculeurs	5	Brazeurs	2
Bouchonniers	5	Bonnetiers	2
Banquiers	5	Détarteurs	2
Poêliers	5	Chargeurs	2
Matelassiers	5	Dégraisseurs	2
Manœuvres	5	Coquetiers	2
Lapidaires	5	Cartonniers	2
Liquoristes	5	Ciriers	2
Monteurs	4	Copistes	2
Typographes	4	Chefs d'équipe	2
Tireurs d'or	4	Tréfileurs	2
Taillandiers	4	Mariniers	2
Blanchisseurs	4	Marguilliers	2
Brasseurs	4	Photographes	2
Cantonniers	4	Poissonniers	2
Chaufourniers	4	Lampistes	2
Droguistes	4	Bergers	2
Écrivains	4	Sénateur	1

Zingueur	1	Boutonnier	1
Vétérinaire	1	Couverturier	1
Juge	1	Directeur de la Manufac-	
Cémenteur	1	ture d'Armes	1
Moleteur	1	Distillateur	1
Sablonnier	1	Directeur de Bureau d'hy-	
Frotteur	1	pothèques	1
Opticien	1	Huilier	1
Poseur	1	Brodeur	1
Professeur de Gymnastique	1	Epinglier	1
Postillon	1	Bûcheron	1
Peigneur de chanvre	1	Concierge	1
Raboteur	1	Directeur d'Assurances	1
Riblonnier	1	Vinaigrier	1
Secrétaire du Parquet	1	Formier	1
Sous-Officier retraité	1	Féculier	1
Marquis	1	Garçon de Théâtre	1
Garde-champêtre	1	Facteur de Pianos	1
Maître de chapelle	1	Assureur	1
Briquetier	1	Gendarme	1
Balancier	1		

Total général...... 6774

SEPTEMBRE 1864.

Le Concours du 22 Mai a donné à la ville de Lyon un grand élan musical. De nouvelles Sociétés de musique s'organisent de toutes parts, le goût se perfectionne, et le niveau artistique s'élève.

Aussi le besoin d'établir à Lyon un Conservatoire musical devient de plus en plus urgent.

Notre regretté administrateur, M. le sénateur Vaïsse, l'avait compris et, sur la demande du président du Comité organisateur, il avait prié les préfets des villes qui, plus heureuses que Lyon, possèdent déjà de semblables établissements, de lui faire parvenir à ce sujet les plus complets renseignements.

Ces documents sont arrivés... La main qui devait les recevoir nous manque, hélas ! mais les adeptes de la cause musicale considèrent comme un devoir de mener à bien une entreprise commencée sous de tels auspices.

Tout nous fait espérer que la nouvelle Administration ainsi que la population lyonnaise encourageront efficacement d'aussi louables projets.

Lyon. — Imprimerie d'Aimé Vingtrinier.